つぎはぐ、さんかく

菰野江名
Ena Komono

ポプラ社

つぎはぐ、さんかく

1

甘くてからい。煮詰まる音はくつくつとかわいい。四国の醸造元から取り寄せた醬油にてんさい糖で甘みをつけて、弱火で焦がさないようゆっくりと煮詰めた。里芋にこのタレを絡めて、みんながすきな味にする。

濃くておもい。味噌にぎゅっと濃く煮出した出汁(だし)を加えてごぼうと和え、最後に香り付けの七味唐辛子を振りかける。

まろやかな、そしてどきどきするような酸味。卵とお酢をしっかり混ぜ、少しずつ油を加えて味を見ながら作るマヨネーズが、うちのポテトサラダには欠かせない。

大きなバットにポテトサラダを山盛りにして、ショーケースの中で冷やしておく。照りが眩しいほど焼き上げたハニーマスタード味のチキンも、同じようにもりもり重ねて隣に並べた。盛り付け方はデパートの食品売り場を参考にした。お客さんから見て一番美しくおいしそうに見える盛り方を、まるでショーケースの中だけ時間の止まった別の国みたいに見えるように、慎重に整える。

あとは根菜のサラダ、かぼちゃの煮つけ、鰆の味噌漬け、つくねのあんかけ。あんは酸っぱい味にしようか、甘辛くてごはんがほしくなるような味にしようか。

業務用冷蔵庫の扉を引っ張ると、新鮮な卵が四パック、一番下の段にみっしりと詰まっていた。晴太が朝一番に買ってきてくれる卵だ。にわとりを蹴散らして歩く養鶏場のおばあさんから、晴太は誰よりも早く卵を買い付ける。

卵はデリの惣菜ではなく、ランチと自分たちの朝ごはんに使う。数を確かめてから冷蔵庫の扉を閉め、冷たいコンクリートの土間の上をぺたぺたとサンダルを鳴らしながら歩いた。

土間の奥にある戸を開いて、思いっきり息を吸い込むと家の中の冷たい空気が心地よく身体に沁みていく。

「蒼、時間！」

響くことなく声は廊下に吸い込まれた。しばらくして、おおーうと獣のようなけだるい呻き声が聞こえてきたものの、蒼は返事だけして一度では起きてこない。結局私が、サンダルを脱いで家に上がり、わざと音を立てて部屋の戸を開けて布団をめくり上げるまで、蒼は起きない。

土間の一番太い柱に掛けた時計を確かめる。六時半だった。そろそろ晴太が店に出てくる。晴太は卵の買い付けのあと、店の前を掃除し、食材の在庫確認をしてから私の野菜の下処理を少しだけ手伝う。

四十五分になったらもう一度蒼を起こすのを忘れないようにしなければと、自分に言い聞かせるように時計を睨んでから、調理器具を洗ってシンクを一度ぴかりと磨き上げた。

がちゃん、と重たい金属音を立てて入り口のシャッターの鍵が回った。四つ足動物の足音みたいな低くひっかかる音とともにシャッターが昇っていき、ガラス扉を開けて晴太が入ってきた。トレーナーの袖を肘までめくり上げ、紺色のエプロンの端が白く汚れている。

「おはよ」

白くて丸い頬は女の子のようだが、身長は私と蒼よりも十センチ以上高い。私ににっこり笑いかけると、足早にカウンターの内側へ回ってきた。

「蒼は？」

「まだ。これから二回目起こしに行くところ」

「おれ、起こしてくるよ」

「助かる」

晴太は出し惜しみしない笑顔を見せて、手を洗ってから家に上がっていった。拭き上げたシンクに晴太の水しぶきが飛んで、ガラス扉から滲んだ朝日が、濡れたシンクをちらちらと光らせた。

店は七時に開ける。晴太がオープンの看板を外に出した頃、家の二階で蒼ががたこんと何かを落としたり倒したりしながら学校へ行く準備をする音が聞こえてくる。

看板を出し終えた晴太が「今日はあったかいよ、もうすっかり春だ」とほのぼのと言った。暖かいのは起きたときから知っていたし、たとえ真冬の雪降る日であっても、晴太の周りは年中春みたいだった。日なたと勘違いした猫が晴太の足元に丸まるように、人も自然と寄ってくる。

ガラス扉が開き、日村さんがのっそりと店に入ってきた。

「おはようございます」

私の挨拶に唇をひき結んだまま頷いた日村さんは、カウンターの隅にある椅子に腰を下ろした。

「コーヒー、まだ挽いていないんです。晴太の手が空くまで待ってもらえますか」

日村さんはわずかに頷き、眠り込むように腕を組んで深くうつむいた。

もうすぐ通勤する人たちがお惣菜を買いに来る。百グラムと二百グラムの空パックをそれぞれ積み重ね、炊き立てのごはんをふっかりと詰めていく。熱い温度がパックを支える左手に沁みて、私はそれがいつも嬉しい。

やがて、晴太の心地いい「おはようございまーす」の声が聞こえて、一度に三人ものお客さんがやってきた。ここの最寄り駅から毎日電車で通勤するOLさんたちだ。

彼女たちは常に三人そろって週に何度か訪れる。白米は家から持参なのか、それとも食べないのか、買うのは惣菜だけだ。今日もひよどりのように顔を寄せ合ってショーケースの中を覗き込むと、美しく光って尖る爪でおかずを指差した。

「鰆とかぼちゃですね。はいちょうどいただきます。ありがとうございます」

きゃらきゃらと笑い合いながら、彼女たちはおかずを受け取る。店を出ていくとき、ちょうど倉庫から回ってきた晴太と彼女たちがすれ違った。

「ありがとうございました」

丸い頬を高くして笑う晴太に、彼女たちは一様に「ありがとうございまーす」と返し、顔を見合わせて笑いながら店を出て行った。晴太は埃っぽいエプロンを外してカウンターの内側に回ると、別のエプロンに付け替えて、小柄な日村さんの白髪頭を覗き込んだ。

「日村さん、おまたせしました。いつものでいいです?」

日村さんが重々しく頷く。晴太も頷く。いつものと言っても、うちにコーヒーは一種類しかない。晴太が豆を挽くがるがるという音が転がりだした頃、一度どんっと二階の床が鳴り、それから短距離走のスタートを切ったような鋭い足音とともに、家に続く木製の古い扉が開いた。蒼が土間のコンクリートに靴を投げ出し、足を突っ込む。

「今日朝練って言ったろ」

「起こしたよ。六時半に私が」

「七時前におれが」

くそー、と蒼は学ランのボタンをぐちゃぐちゃと留めながら、「ヒロ、めし！」と声をあげた。すかさず晴太がカウンターから長い腕を伸ばし、蒼の頭をはたく。

「お客さんがいるんだから静かにしなさい」

「客ったって、日村のじーさんだけだろ」

よっす、と蒼が友達にするように手を上げると、日村さんは私たちに頷いたのと同じようにまた、蒼にも頷きを返した。

用意していた特大のお弁当を冷蔵庫から取り出し、蒼の前に突き出す。蒼はそれを慌ててエナメルバッグに詰め込んで、続けて私が投げたこれまた特大のおにぎりを三つ、器用にキャッチした。さっそく一つのラップを剝いて、おもいきり齧り付いている。

「うまい」

「ほら、ちゃんと着ろ」

晴太がめくれ上がった蒼の制服の襟を直してやる。

「ん、もうおっけ、サンキュー」

蒼が窮屈そうに晴太から後ずさり、「んじゃ行ってきまーす」とおにぎりを手に持ったまま店の入り口から走り出ていった。私たちの行ってらっしゃいの声はきっと届いていない。蒼と入れ替わりに、ぴしりとセンタープレスの入ったスーツを着こなした高遠さんが店に入ってきた。

「おはようヒロちゃん」

「おはようございます」

高遠さんのスーツのズボンに入ったまっすぐ縦の線を見ると、いつもさっぱりした気持ちになる。ショーケースを覗き込む高遠さんの頭上から、「今日はチキンが新作なんですけど、ポテトサラダも上手くできて」と説明する自分の声がついはずむ。この近くの会社に勤めている高遠さんは、ほとんど毎日やってくる。のんびりと草をはむ草食動物のようなまなざしで惣菜を見つめる目が好きだ。私の説明をうんうんと聞いて、翌日には味の感想を伝えてくれる律儀さも。

「じゃあそのチキンとポテトサラダと、ごはんは普通で。味噌汁もある？」

「ごめんなさい、今日は中華スープなんです」

そうか、と一瞬悩む仕草を見せた高遠さんに、晴太が挽いた豆をさらさらと落としながら助け船を出した。

「スープ、昨日の夕飯に食ったんだけど、かなりうまいですよ」

「それじゃあ、スープも」

思わずにやっとしてしまう。プラスチックのカップにスープを注いできつく蓋をした。おかずたちを受け取って、高遠さんは丁寧に「ありがとう」と言った。

こぽ、と火にかけていたケトルが子どもの声みたいな音を立てて沸いたので、火を止めて晴太に手渡した。熱い湯に触れたコーヒーの粉が、はっとするほど華やかな薫香を湯気と共に吹き上がらせる。店はおいしい香りの箱になり、扉が開くと溢れる香りに釣られたように、ぽつりぽつりとお客さんが店に入ってきた。

店の名前は「△」。三人だから「さんかく」。看板には三角形のマークが一つあるだけで、蒼が学校の授業で使う油絵の具で乱暴に、力強くそのマークを描いた。

朝は晴太が淹れるコーヒーと、私が作る惣菜を店先のカウンターで売っている。カウンターの外側、コンクリートの土間に小さなテーブルが二つ、カウンターの隅に椅子が一つ。ここは朝だけ、日村さん専用になっている。

お昼は朝のメニューに加えて、メインで日替わりのランチセットも出している。

調理専門の私はずっとカウンターの内側にいて、晴太はコーヒーを淹れるときだけ私の隣に立つが、お昼時はだいたい外側で料理を運んだりお皿を片づけたりしている。店の経理や食材などの在庫管理も、晴太の仕事だ。

土日で学校が休み、かつ、部活のないときは蒼も配膳を手伝ってくれるのだが、わざとやっているんじゃないかと勘繰ってしまうくらいなにもかもが雑で、皿は割るし料理はこぼすしと散々で、あまり戦力にはなっていない。

店は去年の暮れあたりからやっと軌道に乗ってきた。思えば、日村さんが毎朝平日通って来てくれるようになってからだ。それまでは、まだ子どものような三人が突然開いた店を不審そうに、遠巻きに眺める人がいるだけで、敷居を跨いでくれる人は少なかった。何日もお客さんが来ない日だってあった。それがやがて近所の人たちが立ち寄ってくれるようになったのは、いつでも春みたいに朗らかな晴太と、進級して早々クラス中の男子を有無を言わさず友達にしてしまった蒼のキャラクターのおかげだと思う。現にさっきのOLさんたちのように晴太の笑顔を目当てに来る女性客や、蒼の同級生のお母さんたちが買いに来てくれるのだ。

私たちはずっと三人で暮らしている。晴太と私、そして末っ子の中学三年生、蒼。

三階建ての縦に細長い我が家は四六時中騒々しいが、ときおりふっとどこかへ音が吸い込まれたみたいな静けさが生まれる。そういうときは決まって三人ともが空腹で、お腹が空いた、と同時に気付く。ごはんを食べよう、と思う瞬間、どこかに吸い込まれていた音は戻ってくる。

十八時すぎに蒼が帰って来たとき、二階でちょうどおでんの仕込みを終えたところだった。鍋を食卓の真ん中にどんと置けば夕食の準備は完了する。「ただいま」より先に「腹減った」と言って部屋に入ってきた蒼を「ただいまは」と睨むと、蒼は「ただいま腹減った」と気のない声で言って犬のように鼻をひくつかせた。

「出汁のにおいがする。おでんだ」

「そう。晴太が帰ったらすぐ出せるから手を洗って、洗濯物出して」

四月なのにおでん〜、と文句なのか喜んでいるのかわからない調子で歌って、蒼はばたばたと洗面所に歩いていく。最近特に蒼の足音はうるさい。いつか床が蒼の足の形に抜けてしまいそうだ。

制服から着替えてきた蒼は、食卓にぺらりと一枚紙を置き、何を言うでもなくリビングの床に座ってテレビを見始めた。その様子を目の端に留めて、私は「なにそれ」と声をあげた。

「何置いたの、今。学校のおたよりでしょ」

「そう。見といて」

「授業参観？」

「一、二年のときもなかったのに、中三になっていまさら授業参観なんかねぇよ」

それきり蒼はぷいとテレビからも視線を逸らして、私に後頭部を見せた。

「なに機嫌悪くしてんの」

「悪くねぇし」

「学校の物品壊した請求書とかだったら、ぶっとばすからね」

私は濡れた手を拭いて、蒼の置いた書類を手に取った。ちょうどそのとき、からからと店と住居の間の戸が開き、とどんととどんと軽やかな足音と共に晴太が二階に上がってきた。

「ただいま」

「三者面談？」

晴太と私の声が重なり、オウム返しに晴太が「三者面談？」と繰り返した。

「なに？　蒼の？」

「うん。なんだ、こそこそしてるから何やらかしたのかと思った。三者面談なら去年も行ったでしょ」

紙には、三者面談の候補日と、保護者の都合を第一希望から第三希望まで記入する欄が記されていた。私は書類を汚さないようリビングの机に置いてリモコンで留め、もう一時間は温めているおでんの土鍋を取りにコンロへと戻った。浮いているさつまあげをつつくと、かわいらしくゆらゆらとして出汁の香りが立ちのぼった。

「今年も晴太に行ってもらえばいいよね。晴太、また書いといて」

「ほい」

晴太は仕事用のエプロンを取り去り、手を洗いにひたひたと洗面所の方へと歩いて行った。戻ってきて蒼とそっくりに鼻をひくつかせると、「出汁のにおいがする。おでんだ」とまったく同じことを言うので笑ってしまう。晴太にも言われる前にと、「四月なのにおでんです」と先に言ってやる。

五合炊きの炊飯器で目盛いっぱい炊いたごはんを、どんぶりのようなお茶碗に盛り、温まって濃くなったおでんのにおいに釣られてやってきた蒼に運ばせる。土鍋は晴太が食卓に運んでくれた。

蒼が器に大根を移した拍子にぽちゃんと出汁が跳ねた。おたまを受け取った晴太が口を開く。

「蒼、お前の都合はないのかよ。部活とか、委員会とかあるだろ」

「なに？」

「三者面談だよ。おれが決めていいのか」

んー、と低く唸(うな)り、蒼は音を立てて出汁を飲んだ。顔を器に沈めたまま、「つーか」と呟く。

「晴太は予定合うのかよ。年中無休じゃん、店」

「そんなの」

言いかけて、晴太が私の顔を見た。私も見つめ返し、そう言えばそうだと思う。店を始めて十か月ほど経ったが、まだ一度も休んだことがなかった。正月でさえ、いつもと同じ七時に店を開けた。

「じゃあ初めての休店日だ」

私が言うと、そうだな、と晴太も頷きおたまを手に取った。晴太の隣に座る蒼が、呆れたように私たちを交互に見る。

「そこまですることねーだろ」

「そこまですることだろ。お前、あわよくば来なきゃいいのにとか思ってないか」

ぐうと蒼が唇を噛んだので、あまりのわかりやすさに私は笑ってしまう。

「店休むなら、私も行こうかな」

「はぁ?」

おお、いいなと晴太が顔を上げた。やだよそんなの、と蒼はぶつぶつ呟きながらばしゃばしゃおでんをよそった。冗談半分、半ば本気でそれも楽しそうだなと私はのんきに想像する。蒼の担任は、去年と同じ四十代くらいの女性教師だ。私は覚えていなかったが晴太は覚えていて、「おれらのときにもいただろ」と言うのだがちっとも思い出せなかった。

おでんは気持ちよくカラになり、柔らかい大根のくずやはんぺんの切れ端が浮いた鍋の中身を別の小鍋に移す。明日はここにカレールーを放り込んでカレーうどんにしよう。

五合炊いた米も、蒼の夜食分を残してなくなってしまった。夜食分も、先に取り分けておにぎりにしておかなければ何も考えていない蒼に食べ尽くされてしまう。思えば晴太も高校生くらいまで、どんなに食べても「腹いっぱいになったことなんてない」と言っていた。

お風呂から出てきた蒼が目の前を横切る。ふっと慣れた浴室の香りがして、真っ黒な濡れた髪からぽたんと床に水が落ちた。その水を足で踏んで、靴下に吸わせた。冷たい、と思ってから、「蒼、ちゃんと髪を拭いて」と抗議の声をあげた。

日村さんが晴太のコーヒーをすすりながら、持参の新聞紙をめくる。他のお客さんがショーケースの前に立つと、新聞紙を狭く畳んで、じっと動かなくなる。

「日村さん、落ち着かないですよね。あっちのテーブル空いてるからよかったら」

日村さんはじろっと私を見上げ、首を横に振り、隣に立っていたお客さんが立ち去ったのを確かめてからまた新聞紙を広げるのだった。

奥側のテーブル席に座っていた女性が、ごちそうさま、と言って席を立った。時間は十時近くで、会社勤めの人ならとっくに仕事を始めているだろう。手荷物の少なさから、これから仕事に向かう雰囲気もない。家に帰るのだろうか。

店には、当たり前にいろんな人がやってくる。一日のどんな時間をうちの店で過ごしてくれているのか、私はその都度想像する。

晴太が「ありがとうございました」と笑いかけると、女性も薄緑のストールで口元を隠したまま目元で笑って、店を出て行った。

「さて」と日村さんが呟く。今日初めて声を聞いた。ゆっくりと、それはもう時の歩みさえ日村さんの動きに合わせて遅くなりそうな速度で腰を上げ、新聞紙を畳み、私を見上げた。

「三百五十円です」

カーキ色のジャンパーのポケットから同じ色の小銭入れを取り出し、代金分の小銭をぽろぽろっとカウンターに置いた。

「ありがとうございました」

「ありがとうございましたー、また明日」

晴太がさっきまで女性のいたテーブルを拭きながら、顔だけこちらに向けて日村さんに笑いかける。日村さんは私と晴太に向かって一度だけ頷き、店を出て行った。その背中を見送っていたら、また新たなお客さんが、日村さんが店と歩道の間の敷居を跨ぐのを待ってから、店に入ってきた。

今日は朝昼のピークの間にお客さんが多いな、と私は布巾をぎゅっと絞って日村さんのいた席を拭く。空のコーヒーカップを摑み上げながら顔を上げたら、外の光がまぶしくて、その人の周りだけがずんと暗く見えた。春にしては重たい印象のグレーのスーツが、四角い肩を包んで、その人を妙に大きく見せていた。

不意にその人が手を動かした。たばこを吸っていたらしく、口先のそれをつまんで、胸ポケットから出した携帯灰皿に緩慢な仕草で潰して捨てた。

「禁煙だよな」

息がかかるほど近くにいるわけでもないのに、その人が口を開いた瞬間、甘ったるくてつんと苦いたばこの香りが届いた。

「あ、はい、すみません」

「コーヒー」

「はい」

「ここで飲める」

まるで断定するような口ぶりに一瞬戸惑い、訊かれているのだと気付いて慌てて「はいっ」と教師に指された生徒のように答えた。

「じゃあ、一つ」

「ありがとうございます。晴太」

食器を洗っていた晴太が、愛想よく「ありがとうございます」と応えてコーヒー豆の入った袋を手に取った。

その人はカウンターの奥に視線を据えたまま、日村さんがいたカウンターの隅の席に腰を下ろした。

「あの、よければあちら空いてますので。二人掛けでも四人掛けでもお好きな方を」

テーブル席の方を指差すと、男性は短く「いや」と答え、「ここでいい」と長い足を組んだ。

さっきたばこを消したばかりの指が、こころもとなそうに胸ポケットをまさぐる。そして、思い出したように動きを止めてゆっくりと膝へと落ちた。

「ごめんなさい、外に灰皿も置いてなくて」

「いや、いい」

その人が唇をぎゅっと引き結ぶように、口元に力を込めた。笑ったのだと気付いたのは、あまり見ていたら悪いと思って顔を背けたあとだった。

がるがるがる、と小気味よく豆が転がり粗く削れてゆく音は、カウンターをへだてて座る彼にもまっすぐ届いたのだろう。耳を澄ますように目を伏せていた。

そろそろお昼の準備をしなければならない。副菜二品はショーケースの中の惣菜を使えばいいが、メインは注文が入ってから火を通すので、ランチの時間帯はたった二席のテーブルとカウンターの一席しかないのに私も晴太もてんてこまいになる。お弁当の注文が意外と多いのだ。

鮭の切り身に塩とハーブを擦りこんで小麦粉をはたいていたら、晴太が背後の狭いスペースを通り抜け、カウンターに座るその人にコーヒーを差し出した。

「いい天気ですね」

にこやかに、日村さんにそうするように晴太が話しかけるので、ぎょっとして二人に視線を走らせた。

「あぁ」

その人は顔を上げずにコーヒーに口をつけ、小さく飲み下した。その喉の動きに一瞬目を奪われる。

「でも外はまだ寒いですか」

「あぁ」

「四月なのになぁ」

晴太は満足げに勝手に話を切り上げると、私の方を振り向き腰をかがめ、何をいまさらと言いたくなる小声で「裏で玉ねぎ剝いてくる」と私の耳元にささやいた。

「すみません、あの」

晴太の人を選ばない接客は、時にひやりとする。肩をすぼめて小さく頭を下げると、顔を上げたその人はまたさっきと同じように口元に力を込め、苦笑したように見えた。

カウンターの中心に戻り、下味をつけた鮭をバットに並べてラップをした。あまり置くと水分が出てしまうから、早く火を通さなければと気が焦る。予約した炊飯器のタイマーを何度も確かめ、スープの味を調整した。

ランチの時間より少し前に二人組が来店し、ようやくフライパンに鮭を二切れ並べたとき、ふと視線を感じて左側を振り向いた。私の横顔に刺さっていた視線と真正面からぶつかって、思わずわっと声をあげそうになる。

その人が私を見ていた。視線が妙に鋭いので、私の手は強張り、フライ返しがフライパンにあたってカツンと音を立てた。

「あの」と声を絞り出す。じゅうじゅうと鮭が焼ける。

「昼飯もここで食べられるんだな」

「はい、一応」

「夜は」

「十六時までです、店は」

ふーん、とその人は訊いたくせに興味のなさそうな相槌(あいづち)を打つ。関節と関節の間が長い指が胸ポケットをまさぐって、今度はためらうことなくたばこを取り出して慣れた仕草で火をつけた。

きんえん、と喉元まで出かかったが、なぜだか言えなかった。怖かったわけじゃない。一連の仕草があまりに自然で、息を詰めて見入ってしまった。

「コーヒー、いくら」

「三百五十円、です」

その人は咥えたばこでジャケットのポケットから財布を取り出し、小銭をカウンターに置いた。

「ごちそうさん。コーヒー、うまかったって旦那さんにも」

「あ、ありがとうございました」

頭を下げて、上げた頃にはその人はとっくに店の外に出ていて、ジャケットの裾がちらりと見えただけだった。

焼けた鮭を皿に取り出してその他のおかずでプレートを整え、男女二人組の席へ運ぶと、女の子がそうするのがきまりだとでもいうように手を合わせて「わぁ」と声をあげた。

料理をつつきながら絶えず話す女の子の声が、遠くに聞こえる。コーヒーカップを洗っていたら、あの人の言う旦那というのが晴太のことだったのだと不意に思い至って、もういるはずはないのに思わず訂正したくなり入り口の方を振り返った。

その日の昼は、十二時を過ぎるまでカップル以外お客さんが来なかった。誰もいない店先に立つのは、まるで私ごとこの店の存在を忘れられたようで、ちりちりとした不安が足元をかすめる。

月末には、先月買った業務用の冷蔵庫代の引き落としがある。それまでにまとまったお金を入れておかないと、とついこの前晴太がぼやいていたばかりだ。だから、十二時を過ぎてすぐ、近所の工事現場で働く人たちがわらわらと弁当を求めて来てくれたとき、彼らに向かってあからさまに安堵の表情を浮かべてしまった。

「暇そうだな、ねえちゃん」とからかわれるが、暇なわけではないのだ。今晩の夕飯の準備に、明日の仕込み、調理器具の手入れと店の掃除もこまめにしなければならない。やらなければならないことはたくさんあるのに、それらに手を付けるより先に蒼の学校のことや家のお金のことを考え始めると、ぼうっと立ち尽くしてしまうのだ。

私は晴太のように、一度に二つ以上のことをしたり考えたりできない。やろうとすると必ず失敗するし、事前に計画しても必ず思い通りにはいかない。子どもの頃から、今日の出来事を話しながら計算ドリルの手を止めない晴太がいて、一方で私は、晴太の話を聞きながら同時に手を動かすことなんかできなかった。

今でも、二口コンロを同時に使うことができない。だからパスタは苦手だ。麺を茹でながらソースを作るなんて、私にはひどく難しい。ぼこぼこと沸いているお湯を見つめていると、ソースのことなんて一切忘れてしまう。ソースの味を見て、もう少しとろみをつけようかと思っている頃には、麺はぐだぐだに茹で上がってしまう。

「一度にやろうとしなくていいのよ。火を止めてから、ゆっくり味を作ればいいの」

そう言って、優子(ゆうこ)は私に料理を教えた。けして急がず、明らかに無駄な動きが多い私をただ待って、出来上がった料理を一緒に食べるとにっと笑って親指を立てた。

優子は、この家に引っ越す前、別の家に三人で暮らしていたときに近所に住んでいた。彼女自身はまだ三十代と若いのに、亡くなった両親から譲り受けた小料理屋を一人で営んでいる。初めて会ったときの優子は今の私とそう変わらない年齢だったはずなのに、その頃から既に「ごはん屋さんのお姉さん」だった。お重に詰めたおかずを持って来ては私たちに食べさせ、蒼を寝かしつけて私と晴太の宿題を見てくれた。

細い腕で大きな鍋を豪快に揺する優子はどこか男らしいのに、動きに合わせて揺れる髪はしなやかで美しかった。優子の店のカウンターでよく暇をつぶしていた私がその姿をじっと眺めていたら、「そんなに見ないで」とひとしきり照れたあと、照れ隠しのように「ヒロもやってみる？」と私を誘ったのだった。

それまで家には、毎日食事を作りに来てくれるいわゆる家政婦さんがいたのだが、やがて来なくなったので、買ってきた惣菜か優子の持ってきたおかずを食べていた。

初めて作ったきんぴらごぼうは、優子に持たされた他のおかずと、無造作にちぎったレタスにマヨネーズをかけるだけのサラダと同じように食卓の上に並べておいた。

部活と遊びから帰ってきた晴太と蒼は、食卓を見るなり口を揃えて「優子のおかずだ」と喜び、席に着くと山盛りのおかずに箸を伸ばした。蒼が口の中にきんぴらのかたまりを押し込めるようにして、間髪を容れずにごはんも押し込む。晴太が「落ち着いて食えよ」と蒼をいなす。

「うめぇ」と蒼が言った。蒼はいつも一口目を食べたあと、既に意識は次のおかずに飛んでいるのに癖みたいに必ず「うめぇ」と呟く。晴太も、優子にもらった春巻きもきんぴらもサラダも同じリズムで口に運ぶ。結局きんぴらにはなんの言及もされないまま食事は終わったが、私はそれがすごく嬉しかった。正直、優子が作ったきんぴらごぼうを知っている私には、自分が作ったものはごぼうやにんじんの太さがまちまちで歯ごたえはばらばらな上、醤油を入れ過ぎて味が濃かった。でもふたりは、私が作ったおかずを優子の作ったものだと思って食べたのだ。それくらいおいしかったのだ。うれしい、うれしい。

たとえ下品でも、口いっぱいに頬張る蒼の顔が好きだった。晴太も同じ気持ちであることを知っている。

そのとき料理を学ぼうと決めた。優子に頼らなくても、ふたりに食べさせることができるように。

高校から帰ると優子の店に直行し、下準備を手伝った。「一人では大変だから助かるわ」と優子は言ったが、実際は助けるどころの話ではなく、初日、優子は私のせいで開店時間を遅らせる羽目になった。

私は小さな店の狭いカウンターの内側で、動くたびに物を落とし床を濡らし、切った野菜くずが散乱して調理場を汚したあげく火加減を間違えて自分の前髪を焦がした。絶望的に不器用だった。あの日作ったきんぴらごぼうは奇跡の一品だった。

一つの料理を完成させるために一本の工程を順番に辿って行くのと、複数の料理を一緒にテーブルに並べるために、それぞれの複雑に絡み合った工程を効率よく辿って目的の時間までに完成させるのは、子どもが作る砂山と高層ビルの建築くらい勝手が違った。

「向いてない。優子、私」

とっちらかった調理場で立ち尽くす私に、優子は笑いながら野菜くずをつまみあげ、「ヒロは不器用ねぇ」と言った。

「でも大丈夫。私だってそうだもん」

「そんなことないでしょ、優子が失敗してるところなんて見たことないよ」

「背が届かなかっただけよ」

濡れた床を拭こうとかがんだ私は顔を上げた。

「ヒロが小さくて、私の手元が見えなかっただけ。あなたたちには見えないように、私もいっぱい失敗したから」

だから大丈夫、と優子は歌うみたいに言った。

「がんばろ、ヒロ。晴太と蒼の底なしの食欲を満たせるのは、あなただけ」


優子が教えてくれた料理は、今もそのレシピのまま店のショーケースに並んでいる。凝ったものは作れないのよ、と優子は言う。たぶんそれは技術的な意味ではなくて、優子の店に通うお客さんは、優子の味を、優子が両親から受け継いだ味を求めて来ているのだから、流行りの食材だとか美しい飾りつけだとかは必要ないのだ。

今でも優子は忙しい仕込みの合間にうちにやって来て、食材を分けてくれたり夕飯のおかずを詰めて持ってきてくれたりと私たちの世話を焼いてくれる。

「△」で新作を売り出すとき、そのアイデアのほとんどは晴太が出している。晴太は勉強熱心で、店を始める少し前からいくつもの料理店やデパ地下の惣菜を食べ歩き、いま何が流行っているのかやどういう味付けの工夫がされているのかなどを、逐一(ちくいち)私に嚙み砕いて教えてくれた。それをもとに私が試作し、晴太や蒼と試食を重ねて商品化していく。蒼の意見はおもにうまいかうまくないか、うまくなければ採用しないだけの話なので至極わかりやすい。

気付けば時刻は十三時を回ろうとしている。優子直伝のポテトサラダは毎日昼過ぎには完売するので、今日も既にバットの底が見えている。しかし、晴太とあんなにも試行錯誤しながらアレンジした根菜のサラダはまだたっぷりと残っている。改良の余地ありということだ。

昼を過ぎれば、今度は晴太のコーヒーがよく売れ始める。晴太のコーヒーは文句なしにおいしい。豆の仕入れも、晴太はバイクを二時間走らせて信頼できるロースタリーまで直接出向いている。

実のところ、私と蒼はあまりコーヒーを飲まないのだが、晴太が熱心にコーヒーも出そう、自分がやるからと言うので出すことに決まった。コーヒーは嗜好品だから、つましい私たちの生活とはへだてられたところにある飲み物だと勝手に思っていた。でも、晴太は私の知らないところでコーヒーへの情熱をぐつぐつと滾らせていたらしい。

「客足、途切れたな」

いつの間にか倉庫から戻ってきていた晴太が、外の様子に目をやって言った。

「お昼にしよっか」

客足が途切れてくると、私は二人分のまかないを作る。余りそうな根菜サラダをパンにはさんで、サンドウィッチを作った。晴太がコーヒーを淹れ、私は自分のカップにたっぷりと牛乳を入れた。

店先を振り返るが、お客さんがやってきそうな気配はない。残念だが今のうちに、と私たちは奥に立てかけてあった折りたたみ式の椅子をカウンターの内側に持ち出して、並んでサンドウィッチに齧り付いた。後追いでふりかけた黒胡椒が効いている。

「蒼の三者面談だけど」

食べ始めてすぐ、晴太がパンを頰張ったままもごもごと言う。

「本当にヒロも一緒に行かないか」

「いいの？」

「次の日の仕込みも一、二時間抜けるくらい大丈夫だろ。たぶん三時とかそれくらいの時間になると思うけど」

「でも私、晴太みたいに先生とそつなく会話したりできないよ」

「そういうのはおれがやるからさ、一緒に話を聞いてほしいんだ」

めずらしいと思い晴太の顔を見上げると、晴太は小さくなったサンドウィッチに視線を落としたまま「なんか」と呟いた。

「やな予感がすんだよな」

「やな？」

うん、と晴太が頷く。

「たとえば？」

晴太は神妙な顔で考え込んだが、すぐに顔を上げ、最後の一口を口に放り込む。

「いや、ただの勘だから。不吉なことは言わない方がいい」

「不吉って、たとえば蒼が学校では手の付けられない暴れん坊ですって先生に怒られるとか、そういうこと？」

ははは、と気のない声で晴太は笑って立ち上がった。

「替わるよ、店番。交替」

晴太は空になった自分のカップをシンクに置いて、ショーケースの方に椅子を引っ張っていった。晴太の言い方に歯切れの悪さを感じながら、私も椅子を片付ける。

「暇なうちにさやえんどうの筋、取ってくれる」

「了解」

茎がついたままのさやえんどうがわさっと入った段ボールを晴太に押し付け、倉庫に向かった。春だというのに身を切るような鋭い風が吹いていた。

蒼の中学校は、かつて自分も通ったはずなのに、制服を着ていないというだけで随分とこころもとない気持ちになる。晴太は堂々と正門をくぐり、校庭のわきを横切って勝手知ったるふうに蒼の教室まで向かう。

めずらしくジャケットを着た細長い背中を懸命に追いかけて、歩きながら何度も呼吸を整えた。緊張しているのだ。それは晴太が「やな予感が」などと言ったからではなく、単に私にとって学校は緊張を強いる場所だからだ。晴太の背中を見ていないと、視線はつまさきまで落っこちてしまうし、手の指は手のひらに折りこまれて出てこなくなるだろう。

校舎内に入った途端、ぎゅっと空気が圧縮されて冷たくなった。晴太をまねて靴を脱ぎ、持参のスリッパに履きかえる。はたはたと頼りない足音が不安を掻(か)きたてる。

教室の前ではすでに蒼が待っていて、廊下に設置された小さな椅子にだらしなく足を伸ばして座っていた。学校指定の青いジャージのズボンの裾がサッカーグラウンドの土埃で汚れている。かかとをつぶして履いたうわばきには、同じく茶色く汚れた靴下の足がつっこまれていた。

「おーっす」

友達にするように、蒼が手を上げる。その声があまりに大きいので、晴太が慌てて「うるさい」と短く叱った。

「なんだよ、ほんとにヒロも来たのかよ。先生に賄賂(わいろ)でも渡しときゃよかった」

「つまんないこと言ってないで、ほらちゃんと座れ」

三つある椅子に、蒼、晴太、そして私と並んで腰掛ける。蒼はそれ以上冗談を言うでもなく、しんと口を閉ざした。向かい側の壁の、ベージュのような薄緑のような淡い色を見つめていると、数分で教室の戸が開いた。

蒼と同じジャージを着た男の子と、そのあとに続いて母親と思われる女性が出てきた。男の子は蒼と目が合うと、へっとでも言うかのように照れくさそうに笑った。蒼も同じように笑い返す。女性は会釈をして、男の子と一緒に廊下を歩いて行った。

「もう入っていいの？」

「先生が呼んでくれるよ」

晴太が答えるのとほぼ同じくらいに、男の子と母親が出てきたのとは違う戸が開き、蒼の担任教諭が顔を出した。顔を見た瞬間、「川江(かわえ)先生」と忘れていた名前が不意に浮かんだ。川江先生は私と目が合い、少し目を丸くしたがすぐに柔らかく笑って「お待たせしました、どうぞ」と教室に案内した。

窓際の、黒板に近い一角が机を四つくっつけて大きなテーブルにしてあった。

「黒宮(くろみや)君、椅子を一つ持ってきて」

蒼は近くにあった生徒の椅子を運んでくると、机の短辺に向かって置いた。川江先生が座り、その向かいに晴太が、晴太の隣に蒼が、そして蒼の作った誰とも向かい合わない席に私が座った。

「複数で来てしまってすみません」

晴太が丁寧に頭を下げる。いいんですよ、と先生は温和に手を振って、私を見た。

「お姉さんですね。いつも黒宮君からお話を聞いています」

「は、あ、蒼がお世話になっています」

おれ、ヒロの話なんか先生にしてねぇけど、と蒼がぼやくと先生はすかさず「黒宮君は声が良く通るから、友達と話しているのが先生のところにもよく聞こえるのよ」と笑った。私と晴太は同時に肩をすぼめ、「いつも騒がしくてすみません」と声をそろえる。

「元気でいいだろ」

「お前が言うな」

晴太と蒼のやりとりを微笑んで見ていた先生は、空気を切り替えるように机の上の帳簿に手を置いた。晴太が姿勢を正したので、つられて私も背筋を伸ばす。

「黒宮君は入学から一度もお休みがなくて素晴らしいですね。二年生のときは学校行事もサッカー部の活動も頑張っていたし、この新しいクラスにも馴染んでるように見えるけどどうかしら」

「ばっちりです」

蒼は真顔で頷いた。先生は頷き返し、晴太と私を交互に見遣る。

「六月には修学旅行も控えていますので、引き続き健康管理はしっかりと、ご家庭でもよろしくお願いします。それで、進路のことなんですが」

そこで先生が、初めて言い淀むように口を閉ざした。

来た、と思った。晴太の言う「ただの勘」は、たいてい良くも悪くもその通りになる。

「三年生になりましたので、四月の初めにみなさんに進路希望調査票を出してもらいました。黒宮君は」

「おれは高校には行きません」

ばっちりです、と言ったのと同じテンションで蒼が言った。私は、窓の外を横切った緑色の鳥に一瞬目を奪われた。

教室内が静まると、床にかけたワックスのにおいがぷんと立ち上ってきた。

「聞いてませんでした」と答える晴太の落ち着いた声で、私は蒼に視線を戻す。蒼の目には、晴太の落ち着き具合に対する驚きが滲んでいた。

「お姉さんも？」

先生が私を見る。え？　と聞き返しそうになり、慌てて「はあ、私も」と答える。答えてから、なんだっけと考え、さっきの蒼の声がよみがえった。

「え、ちょっと待って、蒼」

声を上げた私に、先生と晴太がぎょっと目を向けた。

「なに言ってんのあんた、高校は行くよ、晴太も私も行ったんだから」

「おれは行かねぇ」

蒼の言葉は準備されたもののようだった。おい落ち着け、と晴太が私を視線で制する。

「うちでは何も聞いていません」と晴太は先生に向かって繰り返した。

「こちらも、まだ黒宮君には詳しく聞いていません。おうちでも相談していないとのことでしたので、とりあえずはご家族で話をされた方がいいかと思いまして」

そうですね、と晴太は相槌を打ち、蒼はそっぽを向いて、窓に映る自分の顔を睨んでいた。

「それ以外では、黒宮君は明るくてクラスのみんなをまとめるのも上手くて、担任としてはとても助かっています。勉強も、塾には通っていないようですが頑張っていると思います」

はい、と晴太は答えたが、そんなことはとてもどうでもいいように思えた。晴太もそう思っているのが手に取るようにわかった。

「修学旅行の班分けも、来週行うんです。黒宮君は」

あ、と蒼が思い出したようにこちらを振り向いた。いつものような、毒気のない素顔に戻っていた。

「おれ、修学旅行も行きません。積立金、どうやったら戻してもらえんの？」

えっ、と先生が短く叫んだ。これには晴太も目を剝いて、「おい」と声を上げた。

「なに言ってんだお前、こないだまで修学旅行の鞄がどうとか言ってただろ」

「おう、でもやっぱなしで」

晴太は言葉を失ったまま固まり、先生は困ったわねとでも言うようにのんびりとふたりを見ていた。その両方が見える私はというと、窓の外を眺めながら、修学旅行の行き先はどこだったっけ、と考えていた。

教室を出ると蒼は、「んじゃおれ部活に戻りまーす」とさっさと廊下を駆けて行った。止めても無駄だとわかっているので、晴太も私も呼び止めなかった。

冷えた廊下を無言で歩き、紙袋からそれぞれの靴を取り出してスリッパから履き替える。踵を収めて前を見ると、すでに靴を履いた晴太が私を見下ろしていた。晴太の顔が今日ばかりは少し強張っている。校舎の冷たさのせいだ、厚い壁が日の光を遮るからだ。それならば納得できる気がした。

「困ったなぁ」晴太が言う。

「そうだね」と私もおざなりに答えた。

「とりあえず晩飯のときに聞くか」

「そうだね」

「高校のことは想像できたんだけど、まさか修学旅行に行かないなんて言い出すとは」

「そうだね」

隣を歩く晴太が、不意に腰をかがめて私を覗き込んだ。じっと丸い目に見つめられて、私も彼に似ていない目で見つめ返してしまう。

「疲れたな」

晴太が私の心の内を汲むように言って、私の肩を一度だけぎゅっと抱いた。すぐに離し、

「明日の仕込みはあらかた終わってんだろう？　今日は出来合いのもんにしよう」と少し歩みを早めた。うん、と答えて私もあとに続く。

歩きながら、もし蒼も私のように修学旅行に行きたくないのなら、そのときは晴太を止めなければならない、と考えていた。


十八時半を回っても蒼が帰ってこないと、晴太はあからさまにそわそわと、二階のリビングと一階の店を行ったり来たりし始めた。

「晴太、心配しなくても蒼は帰ってくるでしょ。いいからおかずあったためて」

「今日の面談のことで、ふてくされてぐれてるのかも」

「こんな一番お腹の減る時間に、悪いことするエネルギー残ってないよ」

などと言っていたら、店の裏口が開く音がして、晴太がパッと振り返った。どんどんと重たい足音と共に蒼が階段を上ってくる。

ただいまぁ、と入ってきた蒼の間延びした声にかぶせて、晴太が「遅ぇ」と低く応えた。

「んだよ、せっかく怒られに帰って来たのに、もう怒ってんのかよ」

「何してたんだよ」

「面談で抜けた分自主練してたんだよ」

はーっ、と大げさに息をついて、蒼は汚れた部活用具を洗濯機に放り込みに行った。

スーパーの惣菜を皿に載せて温めた夕飯をつついていると、我慢できないとでも言うように晴太が口火を切った。

「なんで修学旅行に行かねぇんだ」

山盛りのごはんから顔を上げた蒼は、呆れたように「そっちかよ」と言った。

「普通進路のことから聞くだろ」

「いいから。この前まで行く気満々だったろうが」

「気が変わった」

「なんで」

「金が要る」

晴太が小さく息を呑んだ。私は、蒼がけして修学旅行に行きたくないからあんなことを言ったわけじゃないのだということに、少なからずほっとしていた。

「それで、積立金がどうとか」

「そそ、おれのために積み立ててくれてたのはサンキューだけど、それ、別のことに使わせてくれよ」

「なにに」

蒼は味噌汁の椀に手を伸ばし、味噌汁をすすることで顔を隠してごまかそうとしたが、晴太はいつまでも蒼の答えを待って箸さえ持とうとしない。

こらえ性のない蒼がやはり先に折れた。

「高校じゃなくて、専門学校に行きたい。寮のあるところ」

「専門学校？」と、晴太と私の声が重なる。晴太が一瞬私を見た。当の本人は肩の荷が下りたのか、ずずっと音を立てて味噌汁を飲むと、いくぶんさっぱりとした顔で私たちを見た。

「だからおれ、卒業したらここ出るわ」

えっ、と声をあげたのは私だけだった。

蒼が帰宅するまでの落ち着きのなさが嘘みたいに、冷静な声で「行きたい学校が決まってるのか」と晴太が尋ねる。

「まだ考え中だけど、色々あるよ。高専とか、料理の専門学校とか。でもどこにしろ、ここから通えるところじゃねぇし」

「それで金が要るってわけか」晴太はまるで腑に落ちたとでもいうように真面目くさった顔で言う。

「部屋借りるってなると金がかかりすぎるから、寮のあるところを探すつもりだけど。なんにしろ、普通に公立高校行くよりは学費も高いだろ」

「そりゃあな、実習費用とかもかかるんだろうな」

「通い始めたらバイトするわ。小遣いもらい続けるわけにもいかねーし」

「うちはそんな甲斐性ないしな」

よな、と言ってふたりは笑い合った。私だけ置いてけぼりなのに、珍しく晴太は気付きもしない。料理のって、蒼が料理をしているところなど見たことがない。

「ちょ、なに言ってんの」とかろうじてあげた私の声を、晴太の声が遮った。

「なんにせよ修学旅行は行けよ。積立は修学旅行のための積立なんだし、卒業アルバムにだって写真が載るだろ。学校の費用はまた別で貯めればいい」

「まじかよ。もうおれ行かねえってクラスで言っちゃった」

「撤回しとけ。ていうか修学旅行に行かねぇなんてお前がよく決めたな。結構楽しいからな、あれ」

なぁヒロ、と晴太が久しぶりに私を見たが、私は曖昧にしか頷けなかった。修学旅行が楽しかったか楽しくなかったかという返事に窮(きゅう)したのもあるが、それよりも、どうして晴太がそんなにも平然としているのか、私には全然わからない。

蒼がここを出ていくと言っているのだ。三人の家から、一人別のところに住むというのだ。どうするの、私たちどうするの、と晴太の肩を摑んで揺さぶりたくなる。

黙り込んだ私に晴太はなにも言わず「先生にはお前からも言っておけよ。おれからも電話しておくから」と蒼の方に視線を戻した。

2

日村さんが帰るために腰を上げた頃、つまりは十時過ぎ、約一か月ぶりにその人はやってきた。店に入って私を目に留めると、何も言わずに咥えたばこを口から外した。

私は小さく笑い「ありがとうございます」と言う。

「コーヒー」

「はい」

日村さんがちんまりと座っていた椅子に、その人は腰を下ろす。晴太を呼び、私は別のお客さんの注文を受けて、惣菜をパックに詰め始めた。

「うまそうだな」

晴太からコーヒーを受け取ったその人は、ショーケースに視線を落とした。不意打ちの「うまそう」は、いつでも私の脳の奥を震わせる。ありがとうございます、と応える声が高くなる。

「お持ち帰りもできますし、お昼もやっているのでまたよければ」

「食ってみたいが、今日は昼飯の時間がなさそうなんでな」

その人は腕時計に目を落とし、コーヒーに口をつけた。高い鼻が液面に触れてしまいそうだった。

「お昼、食べられないんですか」

「不規則な仕事なんでね」

「じゃあ、朝ごはんはしっかり摂らないと」

「だから今摂ってる」

え、とその人と、カウンターを見る。もちろん晴太の淹れたコーヒーしかない。えっ、と二度も声をあげてしまった。

「それだけで、お昼も食べないんですか」

「家で飲むよりうまくて助かる」

その人は唇を嚙んで笑った。自分の言ったことに笑ったのではなく、私の反応がおかしくて笑ったのだとわかり、手元の布巾をぎゅっと握った。

「お腹、すきませんか」

「家に帰る頃にはな」

代謝が悪いんかね、とその人は首筋を掻いて、おいしそうに晴太のコーヒーを口に含む。掻いた首筋は乾燥していて、晴太のそれとも蒼のそれとも違っていた。

店の外を見やるが、外を行く人はみんな足早に過ぎていくだけで、一瞬店内を見ても足を止めることはない。今朝はこれで打ち止めだろう。お昼の準備をしようと、私がショーケースのそばを離れ調理場へ向かうと、その人は胸元のポケットから出した手帳をぱらぱらとめくり始めた。

ＢＧＭのない店内はとても静かで、私の耳には倉庫で晴太が段ボールを開くがさごそという音が聞こえていた。店の扉を閉めると、車道を行き交う車の音もずっと小さくなるので、二人しかいない空間は四角く切り取られた水槽の中みたいだ。

客商売をしているというのに私はずっと知らない人と二人きりになるのが苦手で、なのに、今私はとても安らかな気持ちで野菜を洗っていた。にんにくを刻み始めるまで、その人の飲むコーヒーの香りが風も吹かないのに時折ふっと私の元まで届いた。自分の店のコーヒーなのに、いい香りですね、と口をついてしまいそうになる。

その人が、ときどき私の手元をじっと見つめる。にんじんのヘタを落とすそのひと仕草をこんなにも見つめられるのは初めてで、落ち着かない。

ちょうど一人目のお昼のお客さんがお弁当を買いに来て、熱いごはんをパックに詰めていたら、コーヒーを飲み終えたその人が帰るそぶりを見せたので慌てた。ごはんをおかずと一緒に袋に入れてお客さんに渡してお会計をしながら、その人からコーヒーの三百五十円をもらわなければならない。これは一大事だ、と真っ先に思った私は、迷うことなく後ろを振り返り、晴太を呼んだ。はーい、と遠くの方から返事が聞こえたが、ああ間に合わない。三百五十円ですという言葉と、スープは熱いのでお気を付けくださいという言葉が、競うように喉元で絡まり合ってはつかえてどちらも出てこない。口を開いたまま何も言えない私に、その人はカウンターに静かに三百五十円の硬貨を置き、お弁当を買いに来たお姉さんもたいして気に留めたふうもなくお弁当の代金をトレーに置いた。

「あ」

「ごちそうさん」

その人が背を向ける。大きな歩幅であっという間に店を出ていく。目の端で、お姉さんが訝(いぶか)しがるように顔を上げて私を見るのがわかった。彼女の耳についた、大きな赤いピアスが揺れたからだ。はっとして、慌ててトレーに目線を落とし、金額を確認する。

ちょうどお預かりします。ありがとうございました。熱いのでお気を付けください。全部言えて、硬かったかもしれないけれどちゃんと微笑むこともできた。お姉さんはかすかに笑みを返して、店を出ていった。

晴太があとからのそのそとやってきて、「あれ、遅かったなおれ」と頭を掻く。本当だよ、と小突こうと思うのに、私は短く「うん」と頷くことしかできなかった。それをごまかすみたいに、晴太のエプロンについていた玉ねぎの皮をそっとつまみ取ってごみ箱に捨てた。

その日の営業を終える頃、店に優子がやってきた。

「繁盛してる?」

すがすがしいほど客のいない店内でそう言われると、優子でなければ嫌味かと思う。私が「仕込みがはかどるよ」と笑うと「わかるわかる」と言いながら、優子は大きなトートバッグからプラスチック容器を三つ取り出した。余った惣菜を自分一人では食べきれないからと、こうしてたまに持ってきてくれる。うちも惣菜屋をしているものの、食べ盛りがいるのでありがたくもらっている。

「客足に波があるのは当たり前。それにあなたの店は朝がかきいれ時でしょう」

これ、れんこんの和え物と鰺の南蛮漬けと、と手早くおかずの説明をする優子からプラスチック容器を受け取る。ずしりと重い。

「いつもありがとうね」

「調子に乗って作りすぎるのよね。余っても、まぁあなたたちにあげればいいかって……あらこれ、忘れ物じゃない」

優子が視線を落とした先を背伸びをして覗きこんだら、ちょうど私の死角になる場所に黒い手帳がすっくと立っていた。

あの人の物だ、とすぐにわかった。手帳を開いていたし、あれからこの席に座った人はいない。

「お客さんの物ね」

優子は私に手帳を渡すと「しばらく保管しておいたらいいわよ、取りに来るかもしれないから」と言って、十七時に店を開けるためさっさと帰ってしまった。

どうしよう。自分でも不安な顔をしているとわかりながら、晴太のいる倉庫の方を見えもしないのに振り返る。もうすぐ仕入れた食材の定期便がやってくる時間で、晴太と一緒にそれらの仕分け作業をしなければならない。そもそも連絡先はおろか、名前も知らないのだ。優子の言う通り気付いたら取りに来るかもしれないが、もう既にあの人が店を出てから五、六時間は経っているし、一か月ぶりに来たあの人が次にいつ来るかなんて、わかりようがなかった。

指が、そっと手帳の用紙のふちをなぞるように動く。ほとんど無意識に、ぱららとページを捲(めく)っていた。はっとして慌てて閉じ、両手のひらで手帳を挟みこむ。悩んだ末、エプロンのポケットに入れた。

十六時を回ったのでシャッターを下ろし、暗くなった店内の灯りをつけた。裏口に二トントラックが停まる音が聞こえ、晴太に呼ばれて、たくさんの野菜たちを受け取りに倉庫の方へ回った。

結局手帳は、次の日にあっさりと持ち主のもとへ戻った。というのも、あろうことか私が手帳の存在をすっかり忘れ、エプロンをつけたまま買い物に出かけたからだ。

普段なら、私が営業中に買い物に行くことなんてほとんどない。ただ、この日はなんだか空は薄暗く、もう五月だというのに空気は冷たく乾いた冬のような日で、昨日までの陽気を期待して薄着で出かけた人たちが次々と温かいスープを買い求めに来たのだった。

今日のスープは鮭とほうれん草のクリームスープで、ほこほこと温かなカップを手渡すと、お客さんはそろって安心したようにほっと息をついた。朝からスープがよく売れるなあとぼんやりしていられたのは九時頃までで、気付けば大きな鍋の半分あたりまで中身が減っている。これでは昼のぶんが足りない。スープと同じくホットコーヒーがよく売れるためひっきりなしに豆を挽いていた晴太は、「作り足せばいいだろ。ほうれん草はまだあるし、鮭がないならチキンにしたら」とごりごり音を立てながら言った。

冷蔵庫の中を確認すると、なるほど鮭は残りが心もとないので今晩のおかずにするとして、チキンなら余分にある。ただ、牛乳がない。

「牛乳がないよ、晴太」

「買ってきたら？　店番しとくよ」

「お昼の準備もあるのに、そんな時間」

「まだ九時半だろ。間に合わなきゃ昼の時間をずらせばいいよ、大丈夫」

ほら財布、と晴太は私に経費用の財布を手渡して、まだ行くとも言っていないのに行ってらっしゃいと手を振った。仕方なく、私は店を出て一番近いスーパーまで歩き出した。

信号のある大きな交差点を斜めに渡らなければいけないのもあって、十五分ほどかかった。駐車場の広い大きなスーパーはにぎわっていた。乳製品のコーナーは入り口から一番遠く、慣れないせいで余分な動線をたくさん描いてやっと牛乳をかごに入れた。会計を済ませてスーパーを出ると、雲の色が濃くなっている。乾いていたはずの空気もどこか重たく湿気をはらんでいるような気がした。

降られる前にと歩幅を広げて歩き出したとき、短いクラクションが背中にこつんと当たった。まさか自分に向けて鳴らされた音だとは思わず歩き続けたが、ぷぷっと再び鳴った音に呼び止められて、なんとはなしに振り返った。

歩道に沿うように、ゆっくりと黒い車が跡をつけてくる。運転手の姿を見て、思わず「あっ」と声が出た。

あの人だった。私と視線を合わせ、少し顎(あご)を上げてこちらに合図する。はっとしてエプロンのポケットに手をやると、運転席の顔がにやりと笑った。

車はなめらかに私の横に停車した。助手席側の窓はすでに開いていた。

「どうも」少しこちらに身体を傾けて、あの人が言った。

「あんたの店に、手帳忘れてなかったか」

「これですか」

ポケットから取り出した手帳を見せると、もう一度にやりとして「あぁ」と言った。

「まさか持ち歩いてくれてたとはな。ありがとう、助かった」

開いている助手席の窓から手帳を手渡す。むっと濃いたばこの香りが車の中から溢れ出た。

「たまたま、入れっぱなしで。でもよかったです」

「乗って」

え、と聞き返すと、あの人は身を乗り出して助手席のドアを突き放すように押し開けた。

「店まで送る。乗っていきな」

いや、そんな、と食い気味に叫んで後ずさる。知らない人の車になんて乗ったことがなかった。しかしあの人は子どもみたいに率直な声で「なんで」と言った。

「近いけど乗った方が早いだろ。心配しなくてもこんな真昼間から攫ったりしない」

攫われると思ったわけではなかったが、「でも」と言い淀んだ。

「いいから、早く」

あの人が後ろを気にして振り返る。急かされた勢いにまかせて、思い切って身体を車の中に滑り込ませた。重たいドアを引き寄せるとぼんと大きな音がして車が揺れた。

「ベルトして」

慌ててシートベルトを引っ張った。車は音もなく動き出す。

どくどくと心臓が脈打っているのがわかった。膝に載せた牛乳の冷たさがかろうじて私のめた。

「昨日気付いて、あんたの店だろうと思ったけど仕事ですぐに取りに行けなかった」

あの人が、片腕を窓の縁に乗せながらもう一度言った。

「助かったよ」

正気をつなぎとめる。ぬるくあたたまっていくエコバッグを両手で支えて、じっと前を見つ

「あの、お仕事はなにを」

「警察」

不意にあの人がこちらを見た。一重まぶた。その奥にある目がすいと私を捉える。けいさつ、とオウム返しにして、私もまじまじと見返してしまう。

「刑事さん、ですか」

「あぁ」

「初めて会いました。警察の人」

「そりゃあ何よりだな。世話にならない方がいい」

車が赤信号で停車する。目の前をたくさんの車両が行き交う。

「時間が不規則でさ。平日の昼間にうろついてるから、怪しい奴だと思ってただろう」

「そんなことは」

ふっとあの人が薄く笑った。

「名乗っとくよ。花井(はない)」

「花井さん」

車がまたぬるりと動き出す。

「今日は店、休みなのか」

「いえ、ちょっと牛乳切らしちゃって、慌てて買いに」

ふーん、とどうでもいいことのように花井さんは鼻を鳴らした。長い指がハンドルの細さを持て余し、所在なく動いている。私は自分のかさついた手に視線を落とし、口を開いた。

「旦那じゃないんです」

あ？　とえ？　の中間くらいの声で、花井さんが訊き返した。

「晴太は、私の兄です。いつもコーヒーを淹れてる人」

ずっと引っ掛かっていた。機会があれば訂正したくてむずむずしていたのだということに、言ってから気付く。

花井さんは、考えるように少し黙ってから、あぁ、と笑う。

「そうか。そういやおれ、前に旦那によろしくっつったな」

「はい」

「若い夫婦かと思ったら、兄妹か。珍しいな」

「もう一人弟が。中学生なんですけど」

「へぇ」

いいな、と大した意味もないように花井さんが言った。はい、と私も答える。

「蒼っていって、休みの日は店にもいますけど、今は学校です」

「だろうな」と花井さんが言ったとき、道の右側に我が家が見えてきた。ここから見ると、店名を書いた看板はやけに小さい。

「悪いな、道の反対側で」花井さんが車を道の脇に停めた。

「いえ、こちらこそ送っていただいて」

「また来るよ」

花井さんはこちらを見て口の端をあげていた。

「あんたのとこのコーヒーは、やっぱりうまい」

私は笑い返そうとしたけれど、ちっとも上手く笑えた気がしなかった。そろそろと車を降りて重たいドアを閉めると、すぐさま行ってしまった。

店に入ると、お客さんが一人、腰をかがめてショーケースを覗き込んでいた。カウンターの内側でにこにこと立っていた晴太が私に気付いて、おかえりと片眉をあげる。頷いて牛乳を調理台に置き、手を洗った。水が冷たく顔に跳ねて、流れ落ちずに玉になったまま頬についている。晴太にそれを拭われたとき、やっとどこかから帰ってこられた気がした。

三者面談——実際は四者面談——を終えてしばらく、蒼は珍しく物思いにふけるように黙り込む日が数日続いた。食事時も、口だけは変わらず元気に動くがめっきり言葉数が減って、また何か突飛なことを言いだすんじゃないかと私は一人ひやひやしていた。晴太に相談したかったが、面談の夜三人で話し合ったときの晴太のあっけらかんとした口ぶりが未だに呑みこめず、気付かないうちに開いてしまった私たちの温度差を持て余していた。

しかし、いつの間にやら蒼はいつものうるさい蒼に戻っていて、学校で配られた修学旅行の事前準備のプリントをうきうきとした表情で見せるようになっていた。

行き先は、東京。私たちのときもそうだった。

「おれ、原宿なんか行きたくねーっつったのに、同じ班の女子が絶対に譲らなくてさ、結局一日の内に浅草と原宿と両方行くことになったんだけど、いっぺんに行けるもんなの」

「さあ。そういうのを自分たちで考えて計画するんだろ」

晴太が肉団子を頬に詰め込みながら、あっさりと答える。「教えてくれたっていいだろ」と蒼が不満げに言い、そして負けじと肉団子を頬に詰めた。

蒼は、もうすっかり「修学旅行には行かない」と言ったことなんか忘れたみたいに、憑かれたように毎日修学旅行の話をする。

食事のあと、食卓の椅子に膝を立ててどっちの足の指が長いかなんていう馬鹿馬鹿しい小競り合いを始めた晴太と蒼だったが、不意に晴太が「そういやちゃんと言ったか、進路のこと。先生に」と言うのでどきりとした。蒼は足の指から顔を上げて「うん、言った」と真顔で答えている。

「先生、なんて」

「へぇそう、考えてるのね、ならよかったわって、そんだけ」

ははは、と晴太が笑うので、へへ、と蒼も答えるように笑い、話はそれきりだった。その会話を、私は食器を水に浸しながら背中で聞いていた。会話は終わったのに、また晴太が何か言いだすんじゃないかと背中の皮膚がピリピリして、必要以上に音を立てて食器を洗った。ざりざりと、スポンジの表面がこすれてちぎれるくらいに。


薄くそいで下味をつけた鶏肉でにんじんといんげんを巻いていたら、お客さんの影がショーケースの前に音もなく現れた。

「こんにちは、いらっしゃいませ」

口の端にたばこを咥えた花井さんは頷いて応えると、指先でたばこをつまみ上げて胸ポケットから取り出した携帯灰皿で火を揉み消した。細い煙がひゅるりと立ち上って消える。

「禁煙な。いつも忘れちまう」

大丈夫ですよ、とも気にしないでください、とも言えず、ただ「コーヒーですか」と聞いた。しかし花井さんは、少し考えてから「いや」と言った。

「昼飯もあるんだろ。今日は食わせてもらう」

驚くほどのことでもないのに、なぜか意表を突かれて花井さんを見上げた。その背が晴太と同じくらい高いことに気付く。

「ありがとうございます。ただ、お昼は十一時からで、まだ少し準備が」

「じゃあやっぱり、コーヒー飲んで待つよ。兄ちゃんいるんだろう、奥」

「はい、いや、はい」

花井さんが訝しむように目を細めた。意味もなく「すみません」が口をつく。

「いるんですけど、今日はちょっと蒼もいて」

「ああ、弟」

「はい。上で蒼と学校のことで話をしてて」

「そうか、日曜だからな」

花井さんがどこか懐かしげな顔で、そう呟いた。

今日は日曜日で、蒼の部活も試験期間中のため休みだ。この試験期間が明けたら、蒼は修学旅行に行く。

昨日、店を中抜けした晴太は、駅前の予備校から専門学校のパンフレットをたんまりともらってきて、「まだほかにもよさげな学校があったから、それは郵便で取り寄せにした」とどこか満足げな顔で私に告げた。

「明日、蒼は部活休みだろ。学校のこと、どれくらいあいつが考えてるのか聞いておきたくてさ」

その日、蒼は補習で学校に行っていた。きっと補習のあとはこっそり部活の自主練をして、夕方帰ってくる。

晴太はやっぱり、どこか上機嫌だった。その機嫌の良さが、まるで私の困惑に気付かないふりをするためであるような気がして、カウンターの隅に広げたパンフレットを見下ろす晴太の背中に、「ねえ」と低い声をぶつけた。

「蒼の専門学校って、本気なの。高専はともかく料理なんて家でしてるの見たことないけど」

「したいんだろ。これから」

「専門学校って、せめて普通の高校を卒業してからでもいいと思うんだけど。私も晴太もそうだったし」

「一緒のようにしないといけないわけじゃないだろ。なあ」

晴太は振り向いて、柔らかく私に笑いかけた。

「蒼の話なんだから、三人でしよう。おれらだけで話すのはルール違反だ」

そう言われると口を閉ざすしかない。黙って頷いたが、不満なのは顔に出ていたはずだ。

でも晴太は笑顔を深くして、「さ、そろそろ店閉めなきゃな」と袖を捲(まく)った。土曜の午後、まだお客さんが二人コーヒーを飲んでいた。

取り決めがあるわけじゃない。誰かが言い出したわけでもない。でも私たちは、三人のうち誰かの話を残りのふたりで話すのはルール違反だと、昔から強く思っていた。知らないところで自分の話をされるのは、たとえいやなことを言われているわけじゃなくても、そわそわしてしまうから。きっとそれは、幼い頃、ふたりが話すのを不安げに見つめる私を救う、私のためのルールなのだ。

帰宅して大量のパンフレットを前にした蒼は、「うへえ、学校ってこんなにあるのか」と紙束を手に取り、「見ておく」とそれを二階に運んだ。そして今、二階のリビングで蒼と晴太が学校のパンフレットを吟味（ぎんみ）している。

晴太を呼びに行くと、「ほーい」と気の抜ける返事とともに、軽い足取りで階段を降りてきた。花井さんに気付くと「こんにちは」と笑いかける。

「忙しいときに悪いな」と花井さんがカウンター前に腰を下ろしながら言う。晴太は「いえ」と応えながらも若干訝しむように首を傾げた。

「弟と進路相談中なんだろ」

「あぁ、はい、あれ。弟をご存じで」

花井さんが私を見たので、合点が行ったように晴太が「あぁ」と笑って頷く。コーヒー豆の袋を手に取りながら「普段は学校に行っているし、休みの日も部活ばっかりなのでほとんど家にいないんですけど、今試験期間中で。上が少しうるさいかもしれませんけどすみません」と淀みなく言った。

私は野菜に鶏肉を巻く作業に戻る。私の手元に花井さんの視線が届く気配がしたが、三度目なのでもう慣れたものだ。

丁寧に淹れたコーヒーを花井さんに出したあと、晴太はまた新たに豆を挽きだした。どうしたのかと晴太を見ると、晴太はミルに視線を落としたまま「蒼が煮詰まってるから、息抜き」と言う。

「どんな感じなの、いま」

「結構真剣に悩んでるよ。雰囲気が気に食わないとかパティシエは興味ないとか、最初にいくつか選択肢から外したから結構絞れたんじゃないかな」

「この辺にそんなに専門学校があると思わなかったよ」

ははは、と晴太が声をあげて笑った。可笑しそうに晴太は言う。

「そりゃあうちの県にはそんなにないよ。いいところは二つくらいかな、あとはやっぱり東京とか、京都の学校もいくつか興味持ってたな」

手が止まった。食い入るように晴太を見つめると、思いがけず真剣なまなざしが私に下りてくる。

「蒼は家を出るんだよ。場所はどこでも構わないって、あいつも言ってた」

ごくりとつばを飲み込んだ。苦くて、鼻がツンと痛くなる。

「本気？」

「蒼は本気だよ」

晴太は静かにそう言って、また手元に視線を下ろした。

私の手は、まるでそれしか知らないみたいに鶏肉で野菜を巻いている。鍋に並べて、くつくつと煮ていく。甘辛く色づいていくそれを見下ろしながら、うそだ、うそだ、と胸の内で繰り返した。

晴太がカップ二つを持って二階に戻っていくと、かたんと物音がして、そこでただ一人のお客さんの存在を思い出した。立ち上がった花井さんは、ぽんと胸に手をあてて「たばこ吸ってくるけど、戻ったら昼の準備してくれるか」と尋ねた。慌てて時計を見ると、いつの間にか十一時を回っている。

「ごめんなさい、お待たせしていたのに」

「いや、いいんだ。こっちも時間忘れてた」

花井さんは外に出ると、出入り口のすぐそばに立ってたばこを吸い始めた。茶色い輪染みを付けたカップを下げるとき、カウンターの上には薄い文庫本とあの手帳が無造作に置きっぱなしになっていた。

十一時にセットしていたごはんが炊けて、もう一つの大きな炊飯器で十二時半に倍量のごはんが炊けるようセットする。炊き立てのごはんをお茶碗によそって、ショーケースからポテトサラダとサーモンのマリネを小皿に移し、プレートには煮上がったばかりのチキンロールを盛り付けた。

戻ってきた花井さんは、「なんだ、もう出来てたんだな」と細長い目をわずかに見開いて、心なしか嬉しそうに椅子に座った。

「悪いな、急かして」

「いえ」

どうぞ、と料理を出すと、花井さんは箸を持ってから無言で手を合わせ、そしてもくもくと食べ始めた。

十一時半を回るとちらほらとお弁当を買う人たちがやってくる。冷たい惣菜だけでもお弁当箱に詰めておかなければ。忙しい時間が迫ってくると、背中の辺りが冷たくなる。焦っている、とわかるのにだからと言って落ち着く方法もなくて、視線が意味もなく調理台の上を彷徨う。まだお客さんのいないときからそのことを考えて、喉の辺りが苦しくなる。

「うまい」

不意に花井さんが言った。顔を上げると、手元ではなくまっすぐに私を見つめる視線とぶつかる。

「もっと早く飯も食っておけばよかった。うまいな」

「あり、ありがとうございます」

背中からするりと冷気が抜けた。喉の苦しさが緩む。おいしいという言葉はいつでも私を助けてくれる。

お弁当を買いにお客さんがやってきた。コーヒーも、と言われたが、「少し時間がかかりますが」と言うと「じゃあいいです」とあっさり断られる。お弁当だけを渡して、ありがとうございますと下げた頭を上げたところで、花井さんがタイミングを見計らったように口を開いた。

「家族会議、難航してるのか」

え、と顔を見ると、花井さんは「悪いな」と口角を上げた。

「BGMもないし、いくらこそこそした話し声でもこの距離だと聞こえちまうよ」

「あ、あは、あの、はい」

思わずしゅんと頭を垂れると、花井さんは少し慌てたように「いや」と言葉を繋いだ。

「悪い、人んちの事情に口挟むべきじゃないな」

「いえ、むしろお聞かせしてしまってすみません」

花井さんは緩く首を振り、「親、近くにいないんだろ」と言った。

「はい」

「十近く離れてりゃ、親代わりだもんな。進路進路っつって、学校は生徒にも親にもせっつくし」

私は曖昧に頷いて、ごはん粒の落ちた調理台を布巾で拭いた。

私も晴太も、蒼の親ではない。親代わりなんて思ったことはない。そんな大きくて温かくて、なんでもしてあげられるような存在になれたらよかったけど、私たちは支え合う小さな子どもたちのままふたりだけが先に大人になったのであって、なにもかもを蒼に与えてあげることなんてできないのだ。じゃあ、親だったら何もかも与えてあげられるのかと言えばそんなことはないが、少なくとも、初めからこんなふうに無理だとあきらめることはないだろう。

お茶碗のお米を箸で丁寧に拾う花井さんに、思いついたまま「お子さんがいるんですか」と尋ねた。

「いや、いない。アロワナが一匹」

「アロワナ？　魚？」

「ああ、いいぞ、あいつは。世話すりゃ応えてくれるし、見ていてかっこいい、スカッとする」

「へえ」

「興味なさそうだな」と花井さんが笑った。目を瞠るくらいに、切れ長の目が横に伸びてしわを作り、思いがけず愛らしい表情になった。

笑いを引っ込めた花井さんは、腕時計に目を落として億劫そうに息をついた。

「時間だ。仕事行かないとな、さすがに」

花井さんはもう一時間以上そこに座っていた。代金をカウンターに置きながら「兄ちゃんによろしく、弟にも」とにやりとする。

「じゃ、ごちそうさん」と腰を上げたが、何か思いついたように動きを止めた。

「名前、訊いてなかったな。弟はアオ、兄ちゃんはハルタ、あんたは」

「ヒロです」

「女の子にしちゃ珍しい名前だな。なんて書くんだ、漢字」

「カタカナです、カタカナで、ヒロ」

　ほう、と花井さんは口をすぼめた。

「ますますいいな。ヒロはいいところだ」

　知ってるか、ヒロ。

　花井さんが初めて見る表情で話し始めたとき、見計らったようにジャケットのポケットに落とし込まれていたスマホが鳴った。ポケットに手を当て、花井さんは顔をしかめる。

「時間切れだ。また来るよ」

　そして踵（きびす）を返して、花井さんは店を出て行った。彼が開けたガラス扉の隙間から、若いサラリーマンがじっと店の中を見ていて、えいと思い切ったみたいに一度閉じた扉を開けて中に入ってきた。カウベルがちりんと鳴る。

知ってるか、ヒロ。まるで名前を呼ばれたみたいだった。ヒロ、と私を呼ぶのは晴太に蒼、それと優子くらいなのに、つい「はい」と返事をしてしまいそうなくらいまっすぐに呼ばれた気がした。

ヒロを知ってるんだ。

見知らぬ手で自分の内側を撫でられたような、ぞわりとした不思議な感覚が後味のように残った。

日村さんが帰った頃に、花井さんがやってくる。日村さんは平日毎日やってくるが、花井さんは最近週に一度ほど。曜日はバラバラで、コーヒーだけ飲んですぐに帰ることもあれば、一時間近く時間を潰して、お昼を食べていくこともあった。

「明日なのか、修学旅行」

海老と卵の炒め物をスプーンですくって、花井さんが言う。ぎゅっとスプーンを握る大きな拳が、小さな木製のスプーンとはどこかちぐはぐだった。店内で食べていくお客さんが同時に二組入ったため、お昼の準備で慌ただしい私の代わりに、パックに白米を詰めながら「はい」と晴太がにこやかに答える。

「今日は事前準備で、短縮授業なのでうるさいのが早く帰ってくると思います」

「部活は？」

「前日ってことで、怪我してもいけないので今日は三年生は全部中止だそうで」

ふーん、と花井さんが鼻を鳴らした。カブのスープに口をつけたのが横目に見えたので「うまい」というあの一言を聞きたくなるが、店内から「すいませーん」と呼ばれてしまう。お水のお代わりを注いで、戻ってきたらお弁当のお客さんがやって来て、わたわたと対応しているうちに花井さんは食べ終わってしまった。

「ごちそうさん」

「今日、コーヒーはどうします」

晴太に訊かれ、時計に目を落とした花井さんは少し考えてから「もらうよ」と言った。

「警察の方って、こんなに不規則なお仕事なんですね」と豆を挽く片手間に晴太が言う。

「部署によるけどな」

「今から、聞き込み捜査とかですか？」

突然、花井さんは大きな口を開けて笑った。からっとした短い笑い声が店内に響き、奥の席のお客さんが何事かと振り返る。私と晴太はきょとんとして、目の前のお客さんを見つめた。私も、そうやってずっと聞いてみたかったのだ。この店を出たあと、どんな仕事をするんだろうと思っていた。

「そんな楽しくて面倒な仕事ばっかりしてるわけじゃないよ」

「聞き込み捜査、しないんですか」晴太が少しばかり残念そうに言う。

「そりゃあ、することもあるけど。今からおれは裁判所に行かねぇと」

裁判所！　と晴太が小さく叫んだ。

「裁判所に何しに行くんですか」という晴太の問いに、花井さんが謎めいた笑みを浮かべるので、私と晴太はごくりと生唾を飲み込んだ。裁判所ってどこにあるんだっけ。

「湯、沸いてるぞ」

晴太は慌てて火を消して、気持ちを切り替えるようにすっと息を吸い込んで、止める。花井さんは口元に笑みを残して慎重にお湯を注ぐ晴太の手つきを見ていた。

「おまたせしました」

無駄口を叩いていたことを恥ずかしがるように晴太は苦笑して、花井さんの前にコーヒーカップを置く。砂糖とミルクはもう尋ねる必要がなかった。

「うん、うまいな」

ありがとうございます、と晴太は慇懃(いんぎん)に頭を下げた。

奥に引っ込んだ晴太が冷蔵庫から卵を取り出し「マヨネーズ作っとくか」と呟くので、私は足元の保存庫からお酢を出して晴太の方へ差し出した。

「今日、晩飯どうする」と晴太が続けざまに卵を割りながら言う。

「どうしよう」

「旅行の前日だからなあ、食わせすぎると行きの新幹線で腹壊すかもしれないし」

「旅行？」

晴太が卵を割る手を止めて、私を見た。

「蒼の。修学旅行」

「ああ」

「まさか忘れんなよ。そのために明日、午前中休みにしたのに」

そうだ、明日、蒼は東京に行くのだった。駅まで晴太が送っていくから、店は昼から開けることにしたんだった。

「たった二泊三日なのに、そんなに落ち込むなよ」と晴太がからかった。その的外れな言葉に思わず微笑むが、晴太は何か勘違いしたまま「今までも部活の合宿とかで蒼がいないこともあっただろ」と言う。

「それに、来年からは別々で暮らすんだから慣れないと」

晴太は調理台の隅にかけてあった泡だて器を手に取って、無人島みたいに浮かんだ黄身を勢いよく混ぜ始めた。何の追随も許さない勢いで、威勢よく、卵を泡立てる。長い腕は私の隣で窮屈そうにボウルを摑んでいた。

ああ、晴太はそのことが一番言いたかったのね。

私は晴太の隣で食器を洗い、晴太の方に水が飛んでしまわないよう注意しながら、冷たい水を流し続けた。たった二人分の食器はすぐに洗い終わり、お弁当を買うお客さんが一人やって来て、まだ十四時前だというのに今日のお弁当は売り切れた。

「看板、しまってくるね」

晴太の後ろを通ってカウンターの外に出て、小さな板を手に取ったとき、目の前を蒼と同じ学校の生徒が制服姿で通り過ぎていく。この子たちはきっと蒼と同じ学年で、修学旅行の話でもしているのだろうか、顔を寄せ合ってはけらけらと笑っている。もうすぐ蒼も帰ってくるのだろう。

「ごちそうさん。代金、カウンターに置いたから」

花井さんが私の横をすり抜けて、店を出ていった。

店内に戻る間際、乾いた砂が顔にあたり、ぎゅっと目を閉じた。

3

目が覚めると寝間着代わりのＴシャツは冷たく湿り、頬だけが火照ったように熱くなっていた。身体を起こすと一度だけガツンと頭が痛んだが、それきりだった。上体を起こしてベッドの上に座ったままぼんやりしていたら、目覚まし時計が鳴ったのでそのままベッドを抜け出した。

今日は蒼の修学旅行出発の日だ。

平日の水曜日、シャッターを閉じた暗い店内を蛍光灯の灯りが白々と照らしている。六時半はいつもなら店を開ける直前で、慌ただしく用意をしている時間帯なのに、今日は蒼のお弁当を作る必要もないので、ただあれがないこれがないと騒ぐ蒼の世話を焼いているだけでよかった。ときたま晴太とあくびをもらしながら、蒼の持ち物を確認した。

巨大なエナメルバッグからは、明らかに修学旅行に必要のない漫画雑誌だとか英和辞典——東京で外国人に道を聞かれるかもしれないから、とのこと——だとか、真面目なのか不真面目なのかわからない品々が次々と現れたが、持っていくのは蒼なので私と晴太は特に何も言わず蒼がそれらを嬉々としてバッグに仕舞うのを眺めていた。

あらかたの確認が終わり、蒼が端までバッグのチャックを閉めるのを見届けると、晴太は二階にバイクのキーを取りに行った。最寄りの駅は歩いて十分ほどだが、今日は晴太が集合場所である新幹線の停車駅まで蒼を乗せて行く。旅行中は制服ではなく、私服に校章の入った名札をピンで留める決まりになっているだけなので、まるで蒼は遊びに出掛けるみたいだ。

「なあ晴太は土産、東京ばな奈か雷おこしっつってたけど、ヒロは本当にリクエストねーのかよ」

「ないって。そもそも何があるのか知らないし」

「だからおれのガイドブック読んどけって言ったのに」

「晴太と同じでいいよ」

「うちに東京ばな奈も雷おこしも、二箱あったってしゃあねえだろ」

つーか晴太のリクエストはじじくさい、とぼやいた蒼は、不意に顎を引いて私を見た。晴太によく似た丸い目が、揺らがない視線で私を突き刺す。

「ヒロ、怒ってんのか」

「はぁ？　なんで、怒ってないよ。あんた何かしたの」

「おれが急に専門学校行くとか言い出したときからずっと機嫌悪いじゃん」

機嫌悪いっつーか、と蒼は言葉を探すように口元をもごもごさせる。晴太が階段を降りてくる足音が聞こえ、蒼はそちらを気にするそぶりを見せて、早口で言った。

「本当はもっと早く言いたかった」

ごめん、と蒼は私たちの真ん中に言葉を落とすように言って、私に背を向けた。ちょうど降りてきた晴太が、「んじゃ送ってくるな」と私に声をかける。

誰にも拾われなかった蒼の「ごめん」が足元に落ちている。どうすることもできず、私はゆるゆると顔を上げてふたりを見送った。

「行ってらっしゃい」

ういーっす、と出ていく蒼の背中が一瞬で外の光に呑みこまれる。気を付けて、と晴太の背中に声をかけると、晴太は白い頬をつやりと光らせて頷いた。

楽しい旅行になるといい。帰ってきて、五月を過ぎてから一気に焼けた顔をほころばせて東京の話を聞かせてくれたらいい。頭ではそう思うのに、そんなこと信じられないような気もしている。

蒼は友達も多い。部活の仲間とも上手くやれているようだ。小学生のときは喧嘩をして泥まみれの血まみれで帰ってくることもままあったが、学校生活をこじらせることはなかった。私とは違う。

私が上手くやれなかったのは私のせいだとも思えるし、理不尽であらがいようのないことだったとも思える。晴太は「ヒロは何も悪くない」と言ったが、自分で立ち上がれなかったことや晴太を代わりに立たせてその背中を見ているしかできないような私に周りが苛立つのもわかる気がして、やっぱり私のせいだと思う。

晴太が小学校を卒業し、先に中学生になった。私は小学六年生になり、学校で居場所を失っていった。

六年生になる頃には、授業で当てられてもゆっくり考えれば答えることができるようになっていた。たとえ答えを間違えていたとしても、上手く言葉を繋げることが私にとっては重要だったのだ。話す言葉を頭の中で組み立てて、発音を考え、それからやっと口にする。

多くの先生は私が答えるのを待ってくれていたが、かつては待ってくれていたクラスメイトたちはそんな私に飽き飽きしていて、私が当てられると露骨にため息をついたり、いやなくすくす笑いが聞こえたりするようになった。昼休みを一緒に過ごす友達はいたはずなのに、気付けば休み時間のチャイムが鳴った途端私と目が合わないようにさっと席を立ち、他の子のところへ行ってしまう。私のことが嫌いなわけではなかったのだろうが、私がつっかえながら話すのを待っているよりも、他の子と過ごす時間の方がずっと有意義だと、六年生ともなれば気付いてしまったのだろう。むしろ、よく六年生になるまで我慢してくれたものだと高校を卒業した頃ふと思ったりもした。

休み時間、どんなに居心地が悪くても助けてくれる晴太はいない。でもそのとき、いないということが上手く飲み込めなかった。晴太を捜し、自分の巣穴を捜す迷い熊みたいに、休み時間のたび私は学校中をさまよった。疲れ果てて教室に帰って、授業中ぼんやりと過ごしていたら当然当てられても答えられるわけもなく、黒板に白い文字が虫のように張り付いている光景をじっと眺めて立ち尽くす。黙り込んで黒板を睨む私はますます気味の悪い存在としてクラスに認識されていった。

私の言葉が下手なことも、見つめる目が鋭すぎることも、去年と何も変わりはしないのに、晴太が小学生ではなく中学生になったように、私が学校で呼吸する場所を失ったように、私の周りは止まることなく変わり続けていた。

学校で居場所がないのはもちろんつらい。平気じゃなかった。休み時間にとりとめのない話をしていた友達がもう自分の机まで来てくれることはないのだという事実は、確かに私を打ちのめした。

でも、家に帰れば蒼がいて、私の言葉のつたなさを鼻で笑い飛ばすみたいなめちゃくちゃな日本語で私に話しかけたし、部活が終われば晴太も帰ってきた。陸上部だった晴太は、部活の練習そのままの勢いで走って帰ってきたんじゃないかというくらい、帰りが早かった。

家にはときどき優子が様子を見に来たが、そのとき既に私たちはほとんど三人だけで暮らしていた。三歳の蒼は幼稚園に預けられ、夕方に家の最寄りまでバスで送られて帰ってくる。私はバス停で蒼の帰りを待ち、手を繋いで一緒に帰るのだった。朝は晴太がバス停まで送っていた。

生活費は毎月現金で届けられた。そっけない茶封筒に、私や蒼の手では余りある厚み。子どもが三人だけで暮らすには十分すぎる額が毎月晴太に手渡された。晴太が中学生になるまでは、現金ではなく家政婦さんの料理や生活品などの現物が用意されていた。手渡された現金は、晴太が食費などに分類して管理し、さらに余った分は貯金もしていた。手渡しだったそれは、いつしか自動的に振り込まれ銀行通帳に記載されるただの数字になった。

息の詰まる小学校最後の一年は、それでも特別長く感じたりはしなかった。優子と一緒に制服の採寸に行き、晴太に一年遅れて私も同じ中学校に入学した。

小学校生活で習得した言葉の数々を、クラスメイトとの会話の仕方を、私はほとんど一人で過ごした六年生の一年間ですっかり忘れてしまったのか、なにひとつ上手にこなすことができなかった。そしてそのことは、同じ小学校だった同級生にはとっくに飽きられていたものの、別の小学校から入学した同級生の目にはとても珍しく、可笑しいらしくて、あっという間に私はクラスで浮いた存在になっていた。

ひそめた声で私を笑う女子のささやきと、ふくらんだ喉で私をからかう男子のがらがらとした声が背中にべたりと塗りつけられ、それは滴り足元に溜まっては私の足を搦め捕った。

当然三年間ただの一度も決まったグループに属することのなかった私は、グループ分けのたびにみんなの悩みの種だった。あいつをどこに振り分けるか、ということで周りをいつも悩ませていた。悩ませている、という思いに押し潰されそうだった。

特に修学旅行は、みんなが「自分がいかに楽しく過ごすか」を一番に考えて緻密なやりとりを行う。私みたいな存在は他のクラスにも点在していて、それぞれ彼らをどう扱うか、クラスを跨いだ友達同士で相談しているようだった。

修学旅行に行かない、もしくは学校に行かないという選択肢はあまり考えなかったように思う。行きたくないなとはしょっちゅう思っていたけれど、晴太が一年前に残した足跡を慎重に辿って行きたい私にとって、晴太と違う選択をするのはおそろしかった。

クラスで明らかに浮いた私の様子を見に、晴太はときどき教室にやってきた。屈託なく私に笑いかける晴太を、クラスメイトは遠巻きに、興味深そうに見ていた。晴太は私に友達などいないことを知っていたから、私の教室で私以外と親しげにすることはなかった。

ただ一度、先に提出した私の課題ノートがカンニングペーパー代わりに回されて戻ってこなくなったとき、たまたま私のノートを手渡しするクラスメイトに目を留めた晴太が、彼らに話しかけたことがあった。

たいして出来の良くない私のノートではあったけど、晴太が勉強を見てくれていたこともあって、宿題として出された課題くらいはちゃんとこなしていた。そのせいでカンニングペーパー代わりにされていたのだが、深く考えないようにして、ノートが戻ってこない間、私は別のノートを使うことでやり過ごしていた。

晴太は、「次おれな」と言って私のノートを受け取ったクラスメイトの男子に「なあ」と呼びかけた。私に会いに来て他愛もない話をして帰るところだったので、席に座ったままの私には止める間もなかった。

「それ、ヒロのだけど」

そう言って晴太は私を振り返った。「ヒロが貸したのか」とその目が訊いているので、私は晴太にしかわからないくらい微かに首を横に振った。

晴太の一言でノートが誰のものかをやんわりと思い出したその男子は、「え」と一言呟いてぱさりと机にノートを放った。無実を主張するみたいに。

晴太は無言で手に取ったノートを私に差し出しながら、「今日、部活のあと大会の打ち合わせがあるから少し遅くなると思う。先めし食っててていいよ」と笑って言った。晴太が教室を出た瞬間チャイムが鳴り、私たちに集まっていた視線がその音を皮切りに慌てたように散らばった。

戻ってきたノートを私はカバンの奥底にしまい込み、代わりのノートを使い切ってもそこから出さなかった。他のノートや教科書の隙間からそのノートが覗くたび、一人ではノート一つも守れない情けなさと、でもいつでも晴太が取り返してくれるという心強さが混ざりあって押し寄せた。

晴太じゃなければ取り返せないものは、ノート以外にも山ほどあった。でもそれらを晴太に取り返してくれなんて、とても言えなかった。あのノートは、日に日に私のカバンを重くした。

結局中学三年間で私はただの一人も友達と呼べる人を作れなかったが、それがなんだというのだろう。家に帰ってふたりがいれば、それでよかった。

私は高校生になり、初めて晴太と違う学校に通った。成績が晴太の学校にははるか及ばなかったからだ。晴太は、県内で随一と言われる県立の進学校に通っていた。三年生の夏ごろの進路希望で既に晴太の学校を諦めていた私は、優子のように料理を出すお店で働けたらと思っていたので、高校にこだわりは薄く、あっさりと手ごろな学校を決めて少し受験勉強もして、すとんと高校生になった。

晴太のいない学校に初めて通う戸惑いは、入学して半年も経たないうちに消えてしまった。中学よりも細かく組まれたカリキュラム、帰宅部が許されなかったため入部した陸上部の活動、そこで友達も数人できた。余分なことを何も考えさせないくらい忙しい日々が待っていた。なにより、浮いた存在だった私は、高校では目立たず平凡でとるにたらないただの生徒でしかなかった。誰も私を笑わない。中学が同じだった生徒もちらほらいたが、もう私を特別扱いするような暇はないとでもいうように、何の噂話も立てることはなかった。もう話すことを事前に頭の中で組み立ててから口に出す必要もなかった。

家に帰ってからは優子に料理を教わって、手探りで自分の味を見つけていった。カフェでアルバイトをしながら専門学校へ行き、和食料理屋の厨房で三年働いたのちに早すぎるとも言える独立を果たしたとき、自分の居場所をやっと作り出したのだと実感した。

まだ小さな蒼を失いかけたとき、私と晴太は全力であらがった。そして勝ち取ったのだ、蒼を。ふたりで必ず蒼を大人にしてみせると誓った。大げさでなく、契約書を書いて指印まで押した。大きな赤い指紋と一回り小さな赤い指紋が、蒼は私たちの弟であることを、蒼が大人になるまで私たちが守ることを約束していた。

でもあれは、蒼が成人するまで私たちのそばにいることを保証したわけではなかった。

店は午後からなのに、朝の時間を持て余し、通常通りの開店前のように調理台をアルコールで拭きながらあの白い用紙を思い出していた。蒼が選べば、いつだってここから出ていけるのだ。どうして蒼がずっとここにいるはずだと疑いもしなかったのだろう。

ガシャンとシャッターに何かがぶつかる音が響き、びくんと手が跳ねた。店の入り口の方を見ると、晴太が半分だけ開けていったシャッターの隙間から、見慣れた顔が覗いている。日村さんと高遠さんだった。急いで店のガラス扉を押し開けた。

「おはようヒロちゃん。今日、もしかして休みなの?」

腰をかがめたまま高遠さんが言う。日村さんは曲がった腰をひねって、じっとこちらを見つめている。

「すみません、今日はちょっと蒼の学校行事で。午前中だけおやすみにさせていただくんです。貼り紙が貼ってあるかと」

「あ、ほんとだ」

高遠さんが一歩後ずさり、喉を反りかえらせてシャッターを見上げた。晴太が中途半端に開けたまま出て行ったせいで、貼り紙が上の方に上がってしまったのだ。「すみません」と頭を下げると、いいよいいよと高遠さんが手を振った。

「ここ、定休日ないでしょ。助かるんだけど、ヒロちゃん最近疲れた顔してるから」

日村さんが「また来る」とぼつりと言って背を向けた。その姿を高遠さんと見送って、三度目の「すみません」がこぼれる。

「蒼君の修学旅行でしょ。あれ、子どもと一緒になって用意してるとこっちまで気疲れするんだよね、ってうちの奥さんが」

あははと気のいい笑みを見せて、高遠さんは「じゃあ僕もまた来るから」と駅の方へ歩いて行った。

私はよく知らないけれど、高遠さんと日村さんはまるで父親と祖父のようだ。見ていることを悟られないようにさりげなく、結局は自分たちにできることが限られているのだと知っている大人の場所から、できるだけ優しく接しようとしてくれている。

感謝を伝えるほかに私が返せるものは料理だけだから、せめておいしいものを食べてもらわなければ。

晴太が帰ってくるまでに、結局普段通りの下ごしらえをしてしまい、戻った晴太がげんなりした表情で「ヒロは働き者すぎる」と苦情を言うので、私は「そうだね」と笑った。

蒼のいない夕食はいつもより一人分静かで、その代わりに晴太がよく喋った。実はお喋りな人だったことを久しぶりに思い出した。蒼がまともに話せるようになった頃から、三人の会話の中心には蒼が鎮座していて決して場所を譲らなかったから、久しぶりによく喋る晴太の声に懐かしい気持ちで耳を傾けた。

焼き魚の皮が焦げ付いたグリルの網をこすりながら、晴太が不意に「散歩行くか」と言った。がっしゅがっしゅとうるさいたわしの音に遮られて聞き取れなかったが、晴太がこちらを向いて「散歩」と口を動かすのを見て、私も「散歩？」と繰り返す。

「今から？」

「腹ごなしにいいだろ。ついでにスーパーにも寄りたいんだ」

「何買うの」

「店の調理場の蛍光灯、ちかちかしてただろ」

家の近くの大きなスーパーは、二階がホームセンターのようになっていてなんでも売っている。おまけに閉店が二十二時までと営業時間が長い。

「いいよ。着替えるから待って」

「そのまんまでいいじゃん、エプロン外せば」

晴太がきゅっと蛇口を閉めた。晴太は固く栓を閉めるので、私が使うとき、渾身の力が必要になる。

家の外に出ると、飛行機がごうっと低く唸っていくつもの小さな光を瞬かせながら遠ざかっていった。

晴太は隣を歩き始めてすぐ口を開いた。

「蒼がいないと曜日がわからなくなるな」

「そう？」

「うん、朝練がないのは水曜日、委員会で遅くなるのは木曜日」

そういえばそうだけど、水曜と木曜だけじゃないか。思ったけど口には出さなかった。私たちの目の前の角から猫が突然飛び出してきて、平然とおしりを見せて先導するように歩き始めた。揺れるしっぽを見るともなしに眺めながら、「もう着いたかな」と言う。

「そりゃあ着いただろ。今日は何っつったかな、ああ、歌舞伎だ。歌舞伎鑑賞」

「明日は」

「明日は自由行動と遊園地。明後日は国会議事堂の見学をして帰ってくる」

「国会議事堂なんて、蒼知ってるかな」

「さあ」

知らないだろ、と晴太は目元を緩めた。そうだね、と私は笑う。

「帰ってきたら本格的に学校決めるって。料理に興味あるみたいだけど」

話の続きみたいに、晴太が言った。ああ、と私は相槌を打ったが、まったく「ああ」ではなかった。「そう」と言い直す。

「うん、目星付けたとこ、帰ってきたら教えてくれるんじゃないかな」

「そう」

「いよいよだなあ」

晴太が横断歩道の前で足を止める。私がいることを確認するように見下ろして、丸い頬に長い睫毛（まつげ）の影を落とし、「なるべく近いところだとうれしいっつーか、安心だけどな、おれらは」と弱々しく笑った。

信号が青に変わる。晴太が右側だけを確認して歩き出す。私も左側を見て、晴太の大きな歩幅に合わせて足を踏み出した。

本当にそう思ってるの、晴太。胸倉を摑んで揺さぶって聞いてやりたかった。

本当にそう思っているのなら、そんなふうに寂しそうな顔を見せるのならどうして、夕暮れの光が夜に呑まれていくみたいに、信号の青が赤に変わって足を止めるみたいに、当たり前のように蒼が出ていこうとするのを受け入れたの。

蒼を手放すなんて私。

地面の黒と白がちらちら入れ替わるのを睨みながらそこまで考えて、はっと顔を上げた。

手放すなんて、蒼は私の手のうちに囲っているわけじゃないのに。でも、きっと知らず知らずのうちにそう思っていたんだ。

私の蒼。私たちが大切に守ってきた蒼。

晴太はそんなふうに考えていないから、蒼がするりと離れていこうとするのをただ寂しいと思うだけで見送れるのだ。

「結構人多いなあ。今何時だっけ」

晴太がスーパーの入り口を行き交う人の様子を眺めてから腕時計に目を落とした。一階の食品売り場で見慣れた野菜の並びを見たら少し心が落ち着いて、晴太が二階の日用品売り場で目当てのサイズの蛍光灯を探し当てるまで、私は用もなく食品売り場をうろうろと歩き回った。

次の日の朝、いつもの時間にやってきた高遠さんは私の顔を見ると明らかにほっとしたように肩の力を抜き、「おはよう」と言った。

「おはようございます。昨日は申し訳ありませんでした」

「いやいや」と高遠さんが首を振る。玉ねぎの入った段ボールを開けていた晴太が振り返り、「高遠さん、昨日来てくれたんですか」と声を上げた。それにも「いやいや」と首を振り、高遠さんはのんびりと「蒼君は無事旅立ったかい」と尋ねた。

「はい、無事に」と晴太が答える。

新幹線がまっすぐ目的地まで連れて行ってくれるだけだ、無事も何もない。しかし高遠さんは嬉しそうにそうかそうかと頷いてから、いくつか惣菜を指差して注文した。

木曜日はお客さんが少ない。また来ると言った日村さんも珍しく来なかった。高遠さんが帰ってからぱたりと途絶えた客足を切なく思いながら、お昼の準備を始める。出入り口のガラス扉に目をやるが、外の歩道を時折スーツ姿の男性が足早に通り過ぎるか、小さなカートを引いたおばあさんがじれったいほどにゆっくりと行き過ぎるだけだ。

扉の外側に影が差すたび、はっと顔を上げてしまう。スーツの足元が覗くたびに手元が止まった。私は待っていた。花井さんはあれから来ていない。

店で料理をしているとき以外、家で洗濯をしていたり掃除をしていたり、晴太の頭越しにテレビを眺めたりしているときは、きまってすぐに蒼が家を出ていくことについて考えていた。喉が詰まり、胸がふさがり、淀んだため息がこぼれる。考えたって仕方がないのにと思えば思うほどそれ以外のことは考えられなくなった。

でも、店で料理をしているときだけは、蒼のことを頭の隅に追いやることができた。もちろんときどき、店の外を蒼と同じ制服の中学生や近所の高校生が通り過ぎるのを目にすると思い出したりはするが、すぐに鍋の火加減やバジルの香りの立ち方に気を取られてしまう。一度に一つのことしか考えられない私には、料理がぱんぱんに私の身体を満たしているほうが余分なことを考えなくてちょうどいいのだ。

一方で、店に立ちながらも気の緩む瞬間がある。そんなときに私が思い出すのは、蒼のことではなかった。

例えばお客さんが捌けた三時すぎ、ざるの目に詰まったひじきを取る地味な作業から一息ついて顔を上げる。誰もいないカウンターが目に入り、そこに座っていた背の高い影を思い出す。ここで花井さんがおかずを頬張り、咀嚼し、コーヒーを飲む。手帳に目を落とし、あくびを噛み殺し、私の手元を観察する。目が合うと、片眉を上げて応えてくれる顔を、私は一人、何度も思い浮かべるのだ。

がしゃん、とコンクリートの床に硬い何かがぶつかって、続けざまにがらんがらんと金属がいくつか転がってぶつかる騒音が店に響いた。その音に意識を摑まれるようにして、思いにふけっていた私は驚いて振り返った。しゃがみこむ晴太の細長い背中が見える。

「なに、どうしたの」

駆け寄ると、晴太は「ああ」と短く呻いて、足元の破片に手を伸ばした。陶器の平皿が二枚割れていた。ランチのメインを盛る、深い青色の綺麗な皿だった。ステンレスのボウルが、大きく弧を描きながら揺れて遠ざかっていく。慌てて晴太の手を摑み、「触ったらだめだって」と素早く言う。

「ごめん」晴太は皿から視線を外さない。

「大丈夫。晴太は」

怪我をしてないかと言うつもりで訊いたのに、晴太は「うん」とだけ頷いて立ち上がった。

「ほうきとちりとり持ってくる」

立ち上がった晴太は店の出入り口に目を走らせた。お客さんが来る気配は相変わらずなかったのだろう、そのまま踵を返して裏口へと向かった。転がっていったボウルが壁にぶつかって動きを止める。それを見届けて、私も立ち上がった。

割れた二枚は特別高価なわけでもないし、色が綺麗で気に入ってはいたけれどまだ数枚残っている。洗った皿を乾燥棚から食器棚へと移し替える最中に手を滑らせたのだろう。

ほうきとちりとりを手にして戻ってきた晴太は、私と目が合うと子どものように口をすぼめて笑った。

「お客さんがいなくてよかったっていうのもなんだけど、よかった」

「今日、なんかだめだね」

「だめだな」

晴太はほうきで素早く皿の破片をちりとりに集めた。その様子を見下ろしながら、なぜか私は胸をなでおろす。さっきの晴太が、代わりのきくお皿をたった二枚割ってしまったことにひどくショックを受けているみたいに見えたから。けれど今は、自分の失敗に照れたみたいに笑ったあと、さくさくと床を掃きあげている。

「このまま二時になってもお客さんが少なかったら、今日はもう閉めちゃおうか」

「え、でも」

昨日も午前中は閉めていたし、今日の売り上げは朝の数人のお客さんだけでほとんどないに等しい。お昼になったらいくらかお客さんは来てくれるだろうけど、少しでも店を開けていた方が売り上げは期待できる。

しかし晴太は「大丈夫」と言う。

「昨日記帳したら、口座に結構な額が入ってて」

晴太の顔を食い入るように見つめると、晴太は私とは違い穏やかな表情で「たぶん」と言った。

「蒼の進路のこととか、今更ながら思い当たったんじゃないかな。蒼が中学に入ったときも増えたけど、今回はそれほどじゃないし」

「いくらくらい」

「いつもの三倍くらい」

ひょえ、と私が声を洩らすと晴太もひょえ、と私の声をまねて言った。

「ひょえ、だよほんと。勝手っつーか気まぐれっつーか」

いいけど、別に、と晴太は一瞬うつむいた。薄い手のひらで後頭部を撫でさすり、顔を上げる。

「だから売り上げは多少気にしなくても余裕できたから。休めるときに休もう。定休日とかもこれからは考えた方がいいかもな」

「うん、でも」

もしかしたらお昼にお弁当を求めるお客さんがいっぱいやって来て、忙しくなるかもしれない。テイクアウトのコーヒーを買いに立ち寄るお客さんが、昼下がりに増えるかもしれない。もしかしたら花井さんが来るかもしれない。それらしい理由をいくつか思い浮かべて、結局口にはしなかった。「でも」の続きを飲みこんで、「そうだね」と言い換える。

店を閉めたら二階の自宅に上がって、晴太は私に記帳した通帳を見せるだろう。桁の増えた数字の羅列を、知らない言葉みたいに眺めるくらいなら、こうしてぼんやりと閑古鳥（かんこどり）の鳴く店に、この空間の備品の一つみたいにして埋まっていたかった。

「蒼、雷おこし買えたかな」

新聞紙を敷いたゴミ袋に割れた皿の破片をざらざら滑り落としながら、ぽつりと晴太が言った。お土産は東京ばな奈にしたんじゃなかったっけ、と私が呟くより早く、晴太はほうきとちりとりを片付けに裏口へと消えていた。


六百七十万円。

晴太が管理する蒼名義の口座には、今それだけの金額が預けられていた。思った以上に多と動いて見える。

額の金額におののいて、通帳に記載された数字の上を目が滑って細かい文字がうねりうねり

六百七十万円は、何も今回一度に振り込まれた額ではない。これまで定期的に送金されてきていたお金を晴太が管理し、少しずつ貯蓄していた分がそれだけあったということだ。管理をしていた晴太は当然その額を知っていたのだから、動揺する私が落ち着くのを、自分で淹れたコーヒーの香りを嗅ぎながら静かに待っていた。

「こんなに、貯まってたんだ」

やっとのことで呟いた言葉も、わざわざ言うほどの内容ではなかった。でも言わずにはいられなかった。こんなにたくさん。

「蒼、専門学校の学費のこととか下宿先での生活費のこととか気にしてただろ。これだけあれば、少なくとも最初の一、二年は多少面倒見てやれると思うんだけど」

私は晴太の言葉を聞きながら、渡された蒼名義の通帳と一緒に晴太が出してきた、もう一つの通帳を手に取った。その名義は黒宮晴太。店の支出や売り上げ、私たち三人の生活費が出入りする口座だ。出入りが激しくすぐに記帳欄はいっぱいになる。私も目にすることが多いから、今更開かなくたってどれくらい残高があるのかは知っていた。

その残高の他に貯金と言えるのは、一年目にしては大成功と言える黒字額、二十万円を定期預金にしたもの。私たち三人の命綱だと思っていた。何かあってもこれがあるからと時々

胸の内で眺めていたお金だった。

蒼名義の六百七十万円は、そんな私の心もとない寄る辺を高みから見下ろしてくるような気がして、私は尻込みするような気持ちで両方の通帳を閉じて晴太の方へ滑らせた。両方とも、蒼を守るお金であることに変わりはないのに。

「使い道とか訊かれないの」

「今のところ」

ほっとしたような、腑に落ちないような曖昧な気持ちが胸にぶら下がる。薄緑色の小さな冊子は、淋しいほど薄い。お金という強固な力で蒼を囲いながらも、蒼自身にいくらの興味も示していないのだ。

「父さんは忙しいんだよ」

晴太はいつもあの人をかばう。かばうというか、誰も悪者にしない。私はそれが歯がゆく、もどかしくじれったい。あの人をののしる言葉を私の代わりに吐き出してくれたらどれくらい楽だろうと思うけれど、思うだけで晴太はけして言わないし私が言えるわけでもなかった。この店も蒼の学費も、あの人のお金で賄われている。

かちかちかちっと震えるような針の音がして、古い掛け時計がよぼよぼと十七時を指した。蒼が帰るまであと一時間、と思ってから、そうだ蒼は今いないんだったと思い出す。椅子に掛けたエプロンに手を伸ばして立ち上がった。話を無理やり切り上げてみせる。

「夕飯、店のぶんの卵余ってるから使うね」

「うん、ヒロ」

「明日の卵は足りると思うけど、様子見て多めに注文して」

「ヒロ」

「なに。あ、店のメニューでお昼の丼ものを考えてて、夜に仕込みを」

「ヒロ、おれ父さんに会ってくるよ」

晴太は通帳に手を伸ばし、大事なものを包むように長い指で二冊を覆った。

「金のお礼と、蒼の卒業後のことだけ報告してくる」

「蒼がここを出ていくつもりだって、あの人に言うの」

「うん」

鋭く息を吸ったつもりが、ひゅっと音だけが鳴って空気が入ってきた気がしなかった。お腹の辺りが苦しい。

「そん、そ、でも」

「蒼が帰ったらあいつにも言うし、三人とも納得したらおれが行く。大丈夫、報告だけだから」

晴太は視線を上げなかった。手元の通帳ばかりを見て、注がれる私の視線を受け止めない。わななく私の口元を見たくないのだ。晴太もわかっているから。

もしかすると、蒼が連れて行かれるかもしれないことを。

「い、いやだよ私」

ゆっくりと晴太が頭を持ち上げる。

「黙ってたら蒼がどこにいるかなんて、あの人興味もないんだもん。わざわざこっちから教える必要ないじゃん」

「ばれたときに連れていかれるかもしれないってびくびくしてるくらいなら、初めから知らせておいた方が蒼も考える時間があるだろ。あいつだって父さんのことも全部、わかったうえで出ていくって言ってるんだから」

わかっていても納得できないことは山ほどある。むしろそんなことばかりだ。私は晴太の声を振り切るみたいにぶんぶん頭をゆすって、「やめて」と強く言った。

「蒼にも相談しないで。お願い。あの人には言わないで」

「蒼を学校に行かせたのは父さんの金だ。専門学校にかかる金も、結局もらったのを使うことになるんだ」

「そんなの関係ない。あっちが勝手に送ってくるんだから」

「ヒロ」

晴太が悲しそうに私を見上げる。そんな顔をするくらいなら二度とこんな話しないで、と言いたくなる。

「おれたちはここまでだよ」

けたたましく通り過ぎてゆくバイクの音が夜を引き裂く。私は片手にぶら下げていたエプロンを椅子の背にかけ直し、その日初めて晴太がいるのに夕飯を作らなかった。

晴太の声が、ここまでだよと言った声が、今まで聞いた何よりも哀しく響いて、肺も心臓も溶けてしまいそうに痛んだ。

4

電気もつけないで自室のベッドにうずくまり、ひどくつらかった子どもの頃みたいにただ時間が経つのを待っていた。

明日になれば何もなかったみたいに店に出て、料理をして、お客さんに会えると思ったけれど、じゃあ今日なにがあったのだと言われたら特に変わったことはなかったように思えた。閑古鳥が鳴いて、晴太が皿を割って、早めに店を閉めた。通帳で預金額を確かめて、夕飯の準備をしようと立ち上がった。

どこからいつもと変わってしまったのか、全然わからない。

蒼がいなくなるのが怖い。連れていかれてしまう。あのときみたいに。

蒼はまだ八歳だった。私は高校二年生で、高校三年生の晴太はそのめざましい成績から教師たちに大学進学をしつこく勧められていたものの、それをのらりくらりとかわしながら私とは別の高校に通っていた。

私は陸上部の活動を終えて家に帰ると十八時を回るが、晴太の高校は部活よりも学業優先で帰宅部が許されていたので、帰宅部の晴太が先に家に帰り、小学校から優子の店へと直帰した蒼を夕方迎えに行って、米を洗ったり蒼を風呂に入れたりして私を待っていた。

じりじりと残暑の続く九月が、ふっと気を抜いたみたいに涼しい日だった。私が帰ると家に誰もおらず、落ちるのが早くなった夕日がからっぽの部屋を照らしていた。晴太は委員会の日だと今朝聞いたんだった、じゃあ蒼はまだ優子の店にいるはずだ。家から五百メートルほどの優子の店までぽてぽてと歩いて訪れると、既に店を開けた優子が二人の客とカウンター越しに談笑している。入り口にぽつんと立った私に気付いて、「あら」と顔をほころばせた。

「ヒロ、ごはん食べに来たの？　二人は？」

冷たい汗が肌と服の間を滑った。黙ったままぶんぶんと頭を横に振った私に、優子は首を傾げた。私がその場から駆け出すと、背中に優子の驚いた声が降りかかった。

家に戻り、さっきよりも薄暗くなった部屋を覗いて心臓が痛いほど鳴り出す。晴太、蒼、と叫びながら、叫んでいるつもりが実際はほんの小さな声で呼びかけるように、家じゅうを歩き回ってふたりを捜した。靴がないのだから、帰っていないに決まっている。どうしてこんなにも不安な気持ちになるのかわからないことが、余計に不安を掻き立てた。

「ただいまー」

玄関から晴太の間延びした声が聞こえて、つまずきながらそちらに駆け寄ると晴太がぱちんと玄関口の電気をつけて、「なんで暗いまま？」と尋ねた。

「蒼は？」その名前を呼んだとき、喉は渇いて張り付いていた。

「蒼？」そう尋ねて、晴太の顔がさっと青ざめる。

「いないのか」

頷くと同時に、玄関から優子が駆けこんで来て晴太の背中にぶつかって止まった。

「ああ晴太、今ヒロが来て」

優子は紺色のエプロンをつけたままはあはあと息を切らして、晴太の奥にいる私を見ると泣き出しそうな顔をした。

「今日は蒼ちゃん、おうちの日って」

家にはときどき、いわゆるお手伝いさんのような女性がやって来て蒼が一人の時間に相手をしたり、ごはんを作ったりしてくれていた。『おうちの日』というのはそういう人に来てもらう日で、その日は必ず朝に私か晴太が蒼にきちんと確認していた。もちろん今日はおうちの日ではなく、晴太の帰りが遅いから優子の店で迎えを待つように伝えたはずだった。

「一回来たのよ、うちに」と優子が震える声で言う。

「来たけど、自分で今日はおうちの日だから帰るって」

小学校から優子の店まで、蒼は三十分近くを一人、もしくは数人の友達と帰ってくる。歩いて十分ほどの優子の店から自宅への距離など、あっという間に帰ってしまう。

「帰って一人じゃないのねって訊いたら、うんって」

「大丈夫、優子。捜そう」

晴太は優しく優子の肩に触れたが、表情は強張っている。

肩を震わせて、優子がついにぼろりと涙を落とした。

「ごめんなさい、私がちゃんと確認していたら」

「ちがうの、優子、大丈夫」

優子に飛びついてそう言いながら、私の歯もカチカチと鳴った。

「優子、店は？」

「な、なじみのお客さんだったから、帰ってもらって閉めてきた」

晴太が通学鞄にしているリュックサックからスマホを取り出して、耳に当てた。私は優子にここで待っててと伝え、「外、捜してくる」と晴太のわきを通り過ぎた。晴太は頷いたが、真剣な表情で電話の反応を窺っていてその場を動かない。

家の敷地を飛び出すと、歩道のない車道を車がびゅんと走って行く。小さな蒼が薄暗い中どこかを痛めて一人でうずくまっているところを想像し、指の先が冷えていく。しかしまだ数歩も行かないうちに、家の中から「ヒロ！」と晴太が呼んだ。慌てて玄関に戻ると、晴太が電話を耳に当てたまま口だけで「いた」と答えた。どっと身体中に血が巡り、「ああ」と安堵の声が漏れる。優子は鼻と口を両手で覆ってぼろぼろと泣いていた。

晴太はじっと遠くを睨むみたいに、電話の声に耳を澄まして一言も話さない。蒼はどこにいて何をしているのか、早く知りたくてたまらないのに、どこかでぬるりとした生臭さがぬぐい取れない。蒼の居場所がわかったはずなのに、晴太の顔が硬く強張ったままだからだ。晴太がどこに電話をしているのか私も気付いていた。また別のいやな空気が、ひたひたと近づいてくる。

「勝手なこと言ってんじゃねぇ」

突然晴太が怒鳴った。日の落ちかけた夕闇を引きちぎるような、低く尖った声だった。

「蒼はおれたちと暮らしてるんです。いつも放っておいたくせに、今更、いま」

晴太が言葉を詰まらせる。驚いた優子が大きな涙の粒を目の端に載せたまま、食い入るように晴太を見た。

晴太の血走って殺気立った目に、胸の奥でどんと大きな音が鳴る。

「蒼を帰してください」

晴太は鼻から大きく息を吐いた。

「おれたちは三人で暮らしていけます。仕送りももういりませんから、蒼を帰してください」

帰してください、と言った言葉尻はぶるぶる揺れていた。帰してください、帰してください、と晴太の声が何度も目の前を行き過ぎる。

やがて、あんたに何ができるんだ、と晴太が絞り出すように言って、電話を持っていた手をだらりと下げた。

「切られた」

「蒼、蒼ちゃんは」

晴太がゆっくりと優子に顔を向け、「安全なところにはいるはずだから」とちっとも安心していない顔で言った。

「晴太」

私が腕に触れると、晴太は私の手を摑み、「うん」と何にかわからないが頷いた。

「どうしよう、晴太、ヒロ。私、蒼ちゃんは」

晴太の怒鳴り声と不穏な空気で淀んだ玄関で、優子は頰を濡らしたまま私と晴太を交互に見た。安全なところに蒼がいるならよかったねと言える雰囲気ではなかったことを優子もわかっている。

「蒼は」晴太がスマホを強く握りしめたまま言う。

「父さんのところにいる」

「お父さん？」

拍子抜けしたように優子が顔を上げた。

「うん。蒼の父親だ。学校の前で蒼を拾って、そのまま連れて行ったらしい。優子の家に一回寄ったのは、多分蒼がそうしたいって言ったんだろ。なんで今日がおうちの日だって言ったのかはわからないけど」

「どうして、急に」

「父さんは、蒼を引き取るって」

優子が息を呑む。私は聞きたくなかった言葉に耳をふさぎたくなるが、身体が動かない。

「お父さんって、お父さんって」

優子が震える口元で私を、晴太を順に強く見据えた。涙の膜を張った目が暗がりの中で光っている。

「私一度もお会いしたことないわ」

ぼつぼつと音を立てて優子の涙が三和土(たたき)に落ちた。優子は全身を震わせていて、私にも彼女が怒っているのだとわかる。

「蒼ちゃんはこの家の子よ。あなたたちが育てたのよ」

こんな、攫って行くみたいにして、と息とともに吐き出して、ついに優子は顔を覆って泣き出した。指の間から、「ごめんなさい」と「蒼ちゃん」という呟きが細くこぼれていった。泣かない私たちの代わりに、優子が泣いているのだと思った。

私たちは家に上がり、泣き続ける優子をリビングに連れて行こうとしたが優子は泣き顔のまま思い出したみたいにぱっと顔を上げ、「ごはん持ってくる」とそのまま外に駆け出して行った。

「晴太」

ふたりきりになった家で晴太を見上げる。私も晴太もまだ制服姿のままで、足元にまとわりついてくる蒼がいないのがひどく不自然だった。

「もう一度電話するけど、多分出てくれないだろうな。明日おれ、学校休んで父さんのところに行くよ」

「私も行く」

間髪を容れずにそう言ったが、晴太は憔悴した表情で「ヒロは」と口ごもる。

「苦手だろ、あの人が」

「そんなこと言ってる場合じゃないでしょ。私はなんて言われても大丈夫」

晴太は顔の半分を片手で覆い、深くため息をついた。いつかこんな日が来るんじゃないかと思っていた。吐いた息にその言葉が混じっているのを、私は確かに感じたのだった。

楽しくて穏やかで騒々しい毎日がいつまでも続くはずがないと、心のどこかで身構えていた。

蒼が見るはずの未来を、私たちの手で見えなくしてしまっているんじゃないかとか、本来形になるはずのない『家族』を、私たちが無理やり作って蒼に押し付けているんじゃないかとか。屈託なく笑う蒼の顔を免罪符に、これが幸せだと決め込もうとしていた。

「もし、もし蒼が帰ってこなかったら」

考えてもいなかった言葉が口からこぼれて、晴太が驚いたように私を見つめた。私自身驚いて、目を見開いたまま「どうする」と尋ねる。

がちゃんと玄関扉のノブが回され、優子が戻ってきた。リビングに入ってきた優子は両手に使い込んだ鍋を持って、腕にはレジ袋をいくつもぶら下げていた。

「ごはん持ってきたから、一緒に食べましょう」

その目は充血していたけれど、もう泣いてはいなかった。

「ヒロ」優子が私の背中に優しく触れる。

「とりあえずごはんを食べて、これからのことを考えましょう。慌てなくてもひとまず蒼ちゃんの居場所はわかったんだし。温めるからキッチン貸してね」

優子はすぐに目を逸らし、パタパタとキッチンへ向かった。私を見ていると泣けてしまうのだろう。

「優子、ごめん」晴太が背中に声をかける。

ばかね、と優子が小さく答えた。

温まった牛すじの煮込みがふつふつと音を立てて、甘いにおいで静かな家の中の空気をかき混ぜていった。

三人で食卓を囲み、箸を動かし始めてすぐに晴太が「父さんは」と切り出した。

「ミヤ食品の代表なんだ。そこのカップラーメンとかの会社だけど」

晴太が指さした方を見て、優子は箸を空中で止めたまま「うそ」と呟いた。

「私あそこの春雨使ってるわ」

「ずっと前に優子が、親御さんはどうしてるのって聞いたときは、忙しいから離れて暮らしてるって言ったと思うんだけど」

「うん。こんな大きなおうちだから、忙しくしていらっしゃるんだろうと思って」

晴太は高い天井を見上げて、「あながち間違いじゃないんだけど」と疲れた顔で言った。

「蒼は、なんつーか、父さんが別の女の人との間に作った子なんだ」

私は優子が持ってきてくれたれんこんのきんぴらをつまみ、はす向かいに座る彼女の顔を盗み見た。驚いている様子はない。もしかしたら、うすうす気付いていたのかもしれない。

「最初、本当の奥さんに子どもができなくて、おれが養子になった。おれは後継ぎとして育てられたけど、奥さんとは別の女の人との間に蒼が生まれておれは必要なくなった。でも、そのすぐあとに本当の奥さんとの間に子どもができて、蒼もいらなくなったんだ」

「待って、待って。あなたたち、本当の兄弟じゃないの」

私と晴太は顔を見合わせた。思わず頬がゆるんでしまう。

「うん。おれたちは血が繋がってないよ」

「言わなくてごめんね」

優子は途端に目に涙をためて、うつむいてしまった。

「あなたたち、すごく似てるから」

また私と晴太は顔を見合わせ、今度こそ強張りの残る顔で笑ってしまった。ありがとう、と私が呟くと優子は「お世辞じゃない」と顔を上げて少し微笑んだ。

「なにも知らなくて、私」

「おれたちが言わなかったんだ。少なくともおれと蒼は戸籍上兄弟だし」

優子が私を見て、何か言おうと口を開いたが、晴太の方へ向き直って「でもどうして今更蒼ちゃんを連れて行ったの」と尋ねた。

「ただ蒼をこれからこっちで育てるって、それだけで」

「横暴だわ」

うん、と晴太は頷いて、「でもそういう人たちなんだよ。おれたちはストックなんだ」と変わらない表情で言った。

「多分、蒼を育てるメリットを思いついたか、急に不測の事態があって将来的に蒼が必要だと思ったのか。父さんの意思って言うより、会社の方針じゃないかな」

「ひどい」

「でもそういう思いつきだからこそ、案外簡単に蒼を帰してくれるかもしれない。だから明日、直接父さんのところに話しに行ってくる」

「私も行く」

私と同じように、すかさず優子が言った。晴太が笑って首を振る。

「乱暴な人じゃないし、話してくるだけだから大丈夫だよ」

「だから一緒に行くのよ。私だってずっと近所であなたたちを見てきたんだから、勝手な言い分押し付けてきたらこっちだって畳みかけてやる」

鼻息荒くそう言う優子に思わず吹き出す。晴太は苦笑しつつ、

「でも優子は店もあるし、これ以上迷惑かけるわけにいかないよ」

「ばかね、本当に」

優子は箸を置き、またぐずりだした洟(はな)をすすりあげた。優子の細い髪が、部屋の明かりを吸い込んで光っている。

晴太は困ったように私を見た。私は「明日、三人で行こうよ」と優子の言葉に乗っかった。あの人のところに晴太とふたりで行くのは怖かったから、優子にそばにいてほしかった。あそこに行けば、私たちは必ず傷つく。どれだけひどいことを言われるだろうと事前に身構えたとしても、思いがけない方向から斬りつけられる。そのとき柔らかい布で血をぬぐってくれる優子がいてくれたら、と思ったのだ。

蒼は大丈夫だろうか。

家に帰れないことに気付いていて、泣き叫んだり暴れたりして嵐のような有様になっているかもしれない。心配すると同時に、そうであればいいのにと祈った。怒り狂って暴れる蒼を止

められるのは、私たちだけだ。

食事の後片付けが終わって優子が帰ると、途端に悪寒のように不安が這い上がってきた。私たちが少しずつ築き上げた形のない何かを、上からひょいと簡単に持ち去られてしまう恐ろしさに、今ここに蒼がいないという不自然さが拍車をかけて、私の手足を冷たくさせた。

途中まで優子を送って戻ってきた晴太は、リビングに立ち尽くす私に「ヒロ」と呼びかけて、すたすたと近づいてくると私の肩に両手を置き、深く腰を折り曲げて息を吐いた。それは長く長く続いた。晴太の中身が口からこぼれ出てしまうのではと不安になるくらいの時間、晴太は外の冷たい空気の混じった息を吐き続けた。

晴太の頭を見下ろしながら、私は静かに考える。

私たちは、やっぱりすぐにやぶれるつぎはぎでしかないのだろうか。

「風呂！」

顔を上げた晴太はそう叫ぶと、早足で風呂場に歩いて行った。私たちは機械的に風呂を済ませて寝る支度を整えると、何を話し合うでもなく早々に布団に滑り込んだ。古い掛け時計が必要以上に大きな音を立てて懸命に針を動かす、その音がひたすらに響いていた。お互いが眠れずにいるのに気付きながら、ただ息をひそめて朝が来るのを待っていた。

翌朝七時半に家を出た私たちは、同じ県内にありながら電車で一時間かかるその家まで三人で出かけた。

最寄り駅に着くと、晴太は迷わずタクシーを捕まえて乗り込んだ。私はタクシーに乗るのは初めてだった。しかし晴太は戸惑う様子も見せず運転手に行き先の住所を告げる。

「電話は繋がった？」抑えた声で優子が尋ねる。

「いや」

助手席の晴太が短く答え、少し考えてから「でもおれたちが来るの、わかってると思うよ」と私が考えていたのと同じことを口にした。

「蒼ちゃん、ごはんは食べたかしら」

「うちよりいいもの食ってるかも」

晴太の肩が揺れ、笑ったのだとわかったが私も優子も笑わなかった。

タクシーは十分ばかりで目的の家に着いた。黒い鉄扉の前でタクシーを降りる。荘厳な塀に囲まれ、くろぐろとした瓦を載せた巨大な日本邸宅が、黒宮家だ。警備会社のシールが朝日を反射してつややかに光っていた。辺りは人気（ひとけ）がなく静かだ。門の向こうに広がる庭にも人の気配はない。

晴太がインターホンを押すと、しばらくしてから女性の声が「はい」と答えた。

「おはようございます、黒宮晴太です。父はいますか」

晴太が少し腰をかがめて、律儀なあいさつを述べるとインターホンの向こうの女性が息を呑むのが伝わってきた。しばらく返事がなく、ぷつぷつと無機質な機械音が途切れたり繋がったりする気配があったが、やがて男性の声で「おはようございます。門を開けますので、しばらくお待ちください」と一方的に言って通話が切れた。

言われた通り待っていると、一分ほどで突然鉄扉が自動で動き、目の前に道が開けた。その先にある引き戸の玄関扉が開き、中から現れたスーツ姿の男性が立ってこちらを見ている。晴太が頭を下げたが、私も優子もその人を見つめたまま敷地内に踏み入った。

「晴太さん、お久しぶりです」

「お久しぶりです。伊藤（いとう）さん、父はいますか」

「奥の部屋へご案内するよう仰せつかっていますので、どうぞ。そちらの方は」

伊藤さんは側近のようにこの家に出入りしている蒼の父の部下だ。伊藤さんが横目で優子を見やる。優子は丁寧に頭を下げ、「晴太君たちの近所に住む者です。田所（たどころ）優子と申します」ときっぱりと述べた。

伊藤さんは会釈しながら思案するように眉根を寄せたが、何も言わずに「こちらへどうぞ」と先に立って歩き始めた。

三和土で靴を脱いで家に上がると、木の床の冷たさが足の裏に触れる。転びそうなほどつやつやとした床に気を取られながら晴太の背中についていく。長い廊下の奥の襖（ふすま）を伊藤さんが開けると、畳の部屋に立派なテーブルが置いてあり、そこに向かい合って黒いソファと一人掛けの椅子がどんと鎮座していた。

「こちらに掛けてお待ちください」

「蒼はいますか」

立ち去りかけた伊藤さんが私の問いかけに動きを止め、こちらを見る。初めて目があった。

「えぇ」伊藤さんは表情を変えずに答える。

「蒼を連れて来てください」

「まずは代表からお話がありますので」

まだ言い募ろうとした私を遮って、伊藤さんはぴしゃりと襖を閉めて出て行った。

「ヒロ、大丈夫だよ。待ってよう」

晴太に促されて、大きなソファに三人横並びに座る。膨らんだ座面に腰を下ろすとあまりの柔らかさに足が浮き、慌てて浅く腰掛け直した。

「大きなおうちね、あなたたちの家も立派だけど」感心したように優子が呟く。

「うちはここの離れみたいな扱いで建てられたんだ」

容れ物だ、と心の中で呟いた。あそこは、大きな外壁で自分たちから蒼と晴太を見えないようにするただの容れ物だ。

ととととと、と細かい足音が近づいてきた。はっと顔を上げるタイミングが三人同時で、腰を浮かしかけたらすぱんと襖が開いた。

見慣れないTシャツを着た蒼がこちらを見ていた。

「蒼ちゃん！」

優子が叫んで立ちあがり、蒼の下へ駆け寄りぎゅっと抱きしめた。

「うおー、なんだよ優子、離せよ」

「よかった、蒼ちゃんお腹すいてない？」

暴れる蒼を無理やり腕の中に収めて、優子は目に涙を浮かべている。蒼が困惑した顔で私と晴太を見て、「なんだよお」と舌足らずに口にした。

「蒼」

「お父さんが、今日からこっちで暮らすんだって言ってたけど、まじ？」

蒼の口から飛び出た「お父さん」という言葉に一瞬怯む。蒼はどこまでわかっているのか、大きな丸い目をしばしばさせながら「やっぱりうち帰るの？」と尋ねた。

「蒼、なんで優子の家で待たなかったの。昨日はおうちの日じゃなかったじゃん」

蒼の目前にしゃがみ込み、目線を合わせてそう言うと蒼は悪びれたふうもなく「だって」と口を尖らせた。

「お父さんが今日は一緒にごはん食べようって言って、でもおれ優子んちに行く日だよって言ったら、今日は行かなくてだいじょうぶって言うんだけど、それだと優子がおれこないなって思うから、優子んちに行くよって言って、そしたらお父さんがじゃあおうちに帰るって言いなさいって言って、でも今日はおうちの日じゃねーしって言ったら、それならおうちの日だって言えばだいじょうぶだって」

晴太はこめかみのあたりを指で押さえて、「父さんだったからよかったけど」と呻いている。

「蒼」

蒼が驚くとわかりながら、その小さな肩を摑まずにはいられなかった。優子の腕からもがき出た蒼は、案の定ぎょっとして目の前の私を見る。

「心配したよ。私か晴太か、優子でもいいから、行き先を言わずにどこかに行ったら絶対にだめ」

「でもさ、お父さんが晴太に電話……」

「蒼が直接言わなきゃだめ。お願いだから」

そのとき、蒼が開けっ放しにしていた襖の向こうから現れた人物が私たちに影を落とした。整髪料か、つんと尖ったにおいが鼻に触れて、私は顔を上げた。

髪を綺麗に撫でつけた五十ばかりのその人は、私たちをほんの数秒、順番に見下ろしてから晴太に焦点を合わせた。

「久しぶりですね」

「ごぶさたしています」

まるで取引先の相手みたいに、二人が挨拶を交わす。

「あなた方も、お座りください」

ミヤ食品の代表、黒宮慎司(しんじ)は、出入り口付近でしゃがみこむ私たちにソファを示した。私と優子が立ち上がると、蒼がパッと駆けて行って晴太の隣に腰を下ろす。いつの間にかテーブルの上に用意されていたお茶をそわそわと見ている。

全員が腰を下ろすと、慎司は向かいの一人掛けの椅子に腰かけた。

「わざわざ出向かせてしまいました」

「どうして急に蒼を連れて行ったんですか」

ゆっくりと、低く通る声で言う。わざとだ、と私は身構える。

「今後、この子はこちらで暮らした方がよいのではないかということになりましてね」

「勝手です」

晴太が慎司を見据え、きっぱりとそう言った。しかし彼は晴太から目を逸らすことなく頷いた。

「その通りです。蒼の養育を任せておいて、今更と思われても仕方がない」

蒼が私の袖を引き、「なあお茶飲んでもいい?」と尋ねる。小さく頷くと、蒼はぴょんとソファを飛び下りてテーブルの上に手を伸ばした。

「しかし、いいタイミングなのではとも思いました。蒼は小学校に上がり、今後いろいろな面で大人の手がさらに必要になってくる。食事と手間だけ与えておけばいい幼児ではない。あなたたちも高校生になって、これから」

「おれたちは蒼に食事と手間だけ与えてきたわけではありません」

「ええ、失礼。重要なのはそういうことではなくて、蒼にとってもあなた方にとっても、今がほどよいタイミングなのではということです」

ほどよいってなんだ。私は声にならない言葉を飲みこんで、晴太が何か言うのを待った。

晴太は少し考えるようにしてから、

「タイミングって、なんのタイミングですか」

「あなたたちが距離を置くタイミングです」

蒼がごくん、とお茶を飲みこむ音が妙に大きく響いた。

「蒼に今、この家で不自由ない生活を与えてやれば、やがて価値ある大人になるでしょう。あなたたちも自分の学業に専念できる。若くして養う家族がいては、今後不自由もあるでしょう。今蒼はあなたたちに懐いているが、いつかあなたたちが就職したり、結婚したり、そういうときに歳の離れた蒼を煩(わずら)わしく思わないと言い切れますか」

「わ」

思わず声に出すと、晴太と慎司が同時に私を見た。

「わ、わ、わずらわ、しいとか、そんなことは思いません」

喉の通路がぱくぱくと開いたり塞がったりする息苦しさの中、なんとかその言葉を絞り出した。

煩わしくて放り出したのはあんたの方だろう。自分から見えない容れ物に閉じ込めておいて、都合のいいときだけ取り出して眺めるのか。いつか役に立つといいなと好きにさせておいたのか。蒼がどんな気持ちで昨日あんたに付いていったのか、私はあんたよりもずっとわかる。

全部言いたいのに、言葉にして口から吐き出せないもどかしさにえずきそうだった。

慎司は静かな目で私を見て、一言「上手に話せるようになりましたね」と穏やかに言った。

カッと頰が熱くなる。

「父さん」

晴太が遮るように言った。

「蒼を会社のために引き取りたいのなら、おれたちは反対です」

蒼は、自分の名前が会話の中を飛び交うことにやっと気付いたみたいに顔を上げ、不思議そうに晴太を見た。

「蒼が自分の将来を選べるような歳になったときにおれたちの家を出ていくと言ったなら、そのときは蒼を連れて行ってください。こんなふうに、突然蒼の意思に関係なく住む環境を変えるのは」

「おれ出ていくって言わねーし」

甲高い子どもの声で、蒼が口を挟んだ。

「おれ、帰るって言ったもん。きのうはお泊まりだって言うから泊まったけど、今日は帰るってちゃんと言ったもん」

勝手なこと言うなよ、と蒼は小さなこぶしを晴太の太腿にぶつけた。晴太はそのこぶしを手のひらで包んで、「うん」と頷く。慎司がその様子を、ガラスみたいな目でじっと見ている。

「あの」

今までじっと口を閉ざしていた優子が、身を乗り出して口を開いた。

「私、三人のおうちの近くに住んでいます。毎日三人を、蒼ちゃんを見ていますけど、この子たちの生活に問題があるとは思えません。蒼ちゃんも毎日元気にしていますし、二人はこの子をきちんと見ています。それでも足りないのなら、私、毎日でもこの子たちの家に通います。部外者ですけど、大人の目でこの子たちを見ることができます。もし将来、蒼ちゃんを会社の人材にとお考えなら、なおさら今はこの子たちだけで自由に生活させてあげることはできませんか」

慎司が、じっと優子を見つめた。私はその視線の先を追うように優子に目を移したが、優子は「お願いします」と頭を下げた。

「あなたは、黒宮家の人間ではありませんから」

慎司がほんの一瞬私にも目をやったが、すぐに晴太に向き直る。

「しかし見ていてくださるという親切な大人の方が近くにいて、少し安心しました。私は特に、蒼の現状を危惧しているわけではありません」

ここまで適当に育ったのだから今更、という慎司の心の声が聞こえる気がした。

「将来的に、君たちが困るようならと思って様子を見たまでですので、蒼が帰りたいというなら仕方ないでしょう。あわよくばうちが気に入ってこのままとどまってくれたら、とは思っていましたが」

冗談のように慎司は軽く笑った。私たちは誰も笑わなかった。

私たちではなく、この人や会社が、将来的に困るかもしれないと不安になったのだ。安心材料の蒼を手元に置いておこうと急に思い立ったのだ。もしかしたら、蒼のあとに生まれた子どもを後継者とすることに、影が差したのかもしれない。足元が透けて見えるようだった。見えてしまっていることを、慎司もわかっているのだろう、隠そうともしない。

「じゃあもう二度と、このように突然蒼を連れ去ったりしないと約束してください」

晴太が疲れた声で言った。約束しましょう、と慎司が慇懃に頭を下げた。

「あなたの可愛い弟を、私の息子であるとはいえ急に引き離したりしてすみませんでした」

代わりに、と頭を上げた慎司は、いつから置いてあったのか、足元の文庫箱から白い紙を二枚取り出した。

「蒼の養育は任せます。私は口を出しません。ただし、蒼がいつか自分の意志であなたたちの家を出ていくときは、うちの方針に口を出さないと約束してください」

紙は真っ白ではなかった。小さな文字で、こつこつと何か書いてあった。私たちは顔を寄せ合ってそれを読み、今慎司が口にしたのとほとんど同じことが小難しく書いてあるのを読み取ってはっと顔を上げた。同時に、ぶるっと体の奥が熱く震えて、それなのに手先が冷えていくような、歯の根が合わない気持ち悪さに私は慎司の顔を食い入るように見つめた。慎司はかたくなにこちらを見ず、晴太だけを見つめている。晴太は書面の文字を何度も目で追っている。そのままうわごとのように呟く。

「うちの方針って」

「蒼が君の家を出るときに、私がこの子を必要と考えていたら、本人に打診しに行きます。そうなっても口を出さずに見守っていてほしいと、そういうことです」

「必要というのは、会社にとって」

「そうです」きっぱりと慎司が答えた。

「時代錯誤と思いますか。世襲や血の繋がりを重んじるのは今の世にそぐわないと」

「……おれにはそういうことはわかりません」

「私にも今後がどうなるかわからない」一瞬、慎司が視線を落とした。しかしすぐにまたその視線は晴太を捉え、「だからこそ私の息子である蒼を、このように縛らざるを得ない」

あくまで仕方がないのだと言いたげだった。

「約束できますか」慎司が重ねて訊いた。

「なにを？」蒼が自分も話に入れてくれと言わんばかりに大きな声で尋ねた。

「蒼がこれからも晴太たちと暮らしていくことを、晴太と約束するんです」

慎司が優しい声音でそう答えた。ふうん、と蒼は鼻の辺りを指先でいじりながら、私たちの真似をして書面を覗き込む。

いつから準備されていたんだろう。蒼を連れ去って、私たちがやってきて、今まさに繰り広げられた会話は、全部この人の筋書き通りのはずだった。

晴太のうつむいた顔を盗み見る。大きな目が、長い睫毛が、書類の方に向かって作り物のように動かない。

晴太がこの人と暮らした時間があったことを私は知っていた。でも、それがどんなものだったのか晴太は口にしたことがない。蒼が生まれるまでの数年間、きっとあらゆる危険から守られて、健やかにこの人の手の中で育ってきたのだろう。

会社のために、優秀な人材に。呪文のように唱えられながら。

晴太はこの人のことを一度も悪く言わなかった。この家から手放され、構われず、生まれて数か月で同じ境遇を辿った蒼をただ優しく掬（すく）い上げ、一緒に生きることを決めた十歳の晴太を、私はふとした時に何度も思い出す。私たちが初めて出会ったのは、晴太がこの人のそばを離れて暮らし始めた頃だった。

「あの」と優子が声をあげた。慎司が彼女の方に向き直ったが、続く優子の声を遮って晴太が「これは、蒼にも選ぶ権利がありますよね」と顔を上げないまま尋ねた。

「当然です」すかさず慎司が答える。

「仕送りは今後も続けます。蒼や君たちがこの家を離れて暮らしているのは私たちの勝手な事情ですが、君たちも今やそれを望んでいる。ならばできる限りの支援をしましょう。約束通り、もし蒼が家を出るとしても、何かを強要したりはしません」

書面には既に判が押してあった。黒宮慎司の署名も一緒にあった。その下に引っ張られた罫線(けいせん)が、不安定な空白を生み出している。

「晴太だけではなくあなたにも、約束してもらいましょう」

慎司は晴太と私の前のテーブルに、一本ずつ高級そうなペンを胸ポケットから取り出して置いた。ぴくりと指先が意味もなく動く。慎司は私に視線を据えて、ゆったりと笑った。

「今後もあなたには蒼がお世話になるでしょう。礼を言うと同時に、今言った話を晴太と同じく約束してもらわなければなりません」

「約束します」

晴太が力強くそう宣言して、ペンを手に取った。慎重に、晴太はいつもそうだけど、今日はいつも以上にゆっくりと「黒宮晴太」と署名した。慎司がテーブルの下の文庫箱から丸い朱肉を取り出して差し出すと、晴太は迷うことなく左手の人差し指を赤く染め、署名の後ろに押し付けた。

慎司がそれを確かめて、紙を私の方に滑らせる。

顔を上げて、晴太の顔を確かめたかった。大丈夫だとか、やめておけとか、言葉はなくても顔を見れば何でもわかるのだ。私はずっとそれに従ってきた。でも今日はできなかった。したらだめだと思った。私が私の意志でこうするのだとこの人に見せつけなければならない。

慎司の置いたペンを手に取り、私も書き慣れたはずの自分の名前を、晴太の名前の下に記してゆく。筆跡は細くなったり太くなったりバランスが悪く、「橘ヒロ」というたった三文字の書き終わりが永遠にやってこないのではと思えた。テーブルに置かれた朱肉に指をつけ、赤い楕円を名前の後ろに色付ける。

同じことを、もう一枚の紙に繰り返した。

「結構です」

慎司は優子に向き直り、「お手数ですが」と言ってペンを差し出した。

「立会人ということでお名前を書いていただいてもよろしいですか」

「え、えぇ」

書面の最後に優子が名前を記すと、慎司は満足げに紙を取り上げて、一枚をこちらに手渡した。

「仰々しくてすみません。これで私も説明がつくものですから」

はい、と晴太が答えた。普段の晴太の声とは程遠い、硬くて温度のないその声を皮切りに、晴太は腰を上げた。

「これでよければ、もう帰ります」

「今日は学校を休んだのですか」

「ええ。蒼のクラスにも、おれが連絡しました」

「あぁ」

思いつきもしなかった、というように慎司は蒼を見た。今日が平日で、蒼が登校しなければならないことすら想像できなかったのか。波立つ自分の感情を見ないふりをして、私もソファから立ち上がった。

「蒼、帰ろう」

声をかけると、蒼は遠慮がちに慎司を見たが、素直に「うん」と頷いて私でも晴太でもなく優子のスカートの裾にさっと身体を寄せた。

「気を付けて帰ってください」

慎司は椅子から立ち上がることもしなかった。出ていく私たちの後ろ姿を、一仕事終えたあとのように椅子の背にもたれて、眺めていた。

タクシーに乗り込んだ蒼は、慎司の家を出るときの大人しさが嘘のように興奮していた。

私と優子に挟まれて、後部座席の真ん中で足をばたつかせては窓の右や左を覗き込む。

「なぁおれ今日もう学校行かなくていいの？　今日さ、給食何だったか覚えてねーんだけど、わかめごはんだったらショックだな」

「蒼、朝ごはんは食べたの？」

「食べたよ。ごはんと、のりと、卵焼きと、納豆はきらいだって言って、あとみそしると、魚まであった！　ごはんは二回おかわりした」

「そう」

はつらつとして変わりない蒼の様子に、ホッとするような拍子抜けするような気持ちで私はぐったりとシートにもたれかかる。晴太は助手席から一度振り返り、元気な蒼の姿を確かめて「うるさいなぁ」と苦笑したが、それきり前を向いて話さなくなった。優子は何か思いつめた顔で、運転手のヘッドレストを見つめている。そして意を決したように、口を開いた。

「あんな決め事に、意味があるのかしら」

彼女は未だ睨むように前を見据えたまま言う。

「蒼ちゃんが家を出るにしろ出ないにしろ、ほしくなったら昨日みたいに連れて行ってしまえるのに、あなたたちにあんな約束をさせる意味があるかしら」

わからなかった。私は何も言えず、優子を不思議そうに見上げる蒼の、しっとりと艶のある黒い髪を眺めていた。晴太も考え込むように黙って前を見ている。優子は彼女なりに精いっぱい尖らせていると思える目で、「私すごく悔しかった」と言った。

「あんなふうに力の差を見せつけて、余裕ぶってあなたたちに笑いかけて、でも結局思い通りにしてしまうのが。私なんて他人だし、口を出せることなんて何もないけど、あなたたちがああやって踏みにじられるのを大人の私が見ていることしかできないのが、悔しかった」

最後の方の声は震えていた。運転手の視線が動くのがバックミラー越しに見えた。

そうだ、私たちは踏みにじられていた。優子の言葉で私は確信する。

「優子」

晴太が静かに呼びかける。ありがとう、と微笑んで振り返る。

「おれたちは大丈夫だよ」

タクシーはひらりと駅のロータリーに滑り込み、私たちを吐き出すとあっという間に広い車道へ流れて行った。駅前に降り立った私たちはその場でしばらく立ち尽くす。平日午前の駅前は通勤ラッシュを終えて人の気配が落ち着いていて、錆びた時計塔や葉の落ちた街路樹など見慣れない風景が目についた。

「帰るの？」

私たちの静かな様子に怯んだのか、蒼が控えめに尋ねる。

「うん」

「晴太もヒロも、高校は？」

私たちは共犯者のように顔を見合わせ、笑って蒼を見下ろした。

「さぼっちゃった」

「うわ、ずりー！」

自分も学校を休んだくせに、蒼は本気でずるいとでも言うかのように歯を剝いて唸った。

「二人とも、今日はもうこのままお休みするわよね」

「うん」

とてもじゃないが、今は怖くて、蒼を残して学校に行く気にはなれなかった。晴太も同じだろう。優子は何か言おうと口を開くが、結局何を言うこともなくただ悲しそうに、無念そうに目を伏せた。

「さ、帰ろう」

晴太がさっと蒼の手を摑み、駅舎へと足を向ける。蒼は嫌がるそぶりを見せて、小エビのように腰を折り曲げて晴太から離れようともがいたが、それもすぐに大人しくなりふたりで改札口に続く階段を上っていく。

「ヒロ」

優子が私に声をかけ、私もふたりを追いかけるように足を踏み出す。その一歩目の地面を踏みしめた感覚を私は覚えていない。視界に緑色の靄がかかり、彩度が落ちて、やがて膝が溶けるようにして私はその場にくずおれた。

優子の短い悲鳴、晴太と蒼が駆け寄る足音、公道を走る車が地面を擦る音、なまあたたかなコンクリート、頬に触れたその硬さ、そのにおい。

私は怖かった。怖くて怖くて、もう一歩も踏み出すことができなかった。

蒼を容易く失いかけたこと、私たち三人を囲う大きな「何か」、息苦しく見つめてくる視線、みずから記してしまった自分の名前と赤い印。蒼を将来失ってもいいという約束。

その全部が重く冷たく私の心臓を内側から押しつぶそうと膨らんで、はち切れる前に私は自分を守るために目を閉じたのだった。

私は弱い。でも、この家族を失うくらいなら、弱くてすり減る存在でも構わなかった。

ただ私が持っている全部で、ふたりとつながっていたかった。

お願いだから邪魔をしないで、やっと手に入れた場所を奪わないでと心が叫んでいた。

5

　泣いたわけでもないのに、朝目が覚めると瞼がだるく腫れたように重かった。風呂にも入らず着替えもせず、夕方と同じ格好で、ベッドの上にくしゃりと丸まっていた。窓の外はまだ薄暗く、時計を見ると五時前だった。そのまま起きだし、晴太と蒼の部屋の前を通るときそっと耳を澄ませたが、物音やいびきが聞こえてくることはなかった。

　昨日済ませるはずだった仕込みを、夜の気配を残した店の厨房で一つずつこなした。きゅうりを塩で揉んで、アボカドは追熟を促すために棚の上に出しておく。養鶏場のおばあさんにもらった「はちく」を薄さをそろえて切り、かつおの出汁で煮ていく。冷たかった空気が徐々に暖まり、額に汗が流れた。

「おはよ」

　ことんと物音がして顔を上げると、家へと続く階段の一番下に晴太が立っていた。

「風呂、入ったら?」

「……これだけしたらと思って」

「まだ早いからな。今日の昼、なににすんの？」

「魚の日だから、まぐろの竜田揚げ……あと、はちくの出汁煮」

「うまそ」

晴太が靴を履き、裏口へと向かう。養鶏場に卵を買いに行くのだ。

何かを言わないと間に合わない気がして、でも間に合わないとはいったいなんのことなのかわからないまま口を開く。

「晴太」

晴太は振り向いたが、私が続けて口を開くよりも早く、「今日」と言った。

「蒼が帰ってくるな」

「あ、うん」

「おれ駅まで迎えに行こうと思うけど。荷物増えてるだろうし。夕方に駅解散でよかったっけ、それとも学校まで一度全員で戻るんだっけ」

「駅で解散だったと思う」

「そっか」

上着のチャックを首の下まで閉め、晴太は裏口を出ていく。裏に停めてあるバイクのエンジン音が響き、やがて遠ざかっていった。

私たちは必死に家族であろうとして、たとえそのつぎ目が不格好でも、つながっていられればそれでいいと思っていた。でも、もしかしたらもっと早くにきれいに縫い直す必要があったのかもしれない。

　ポテトサラダを作りながらそんなことを思い、その少しすっぱい味を想像したらつんと鼻にしみた。

　七時に晴太がシャッターを一番上まで押し上げる。外は妙に白くて明るかった。

　歯切れ良い音と共に自転車が停まり、スーツ姿にヘルメットをかぶった男性が店に入ってくる。ちぐはぐなようで、最近こういう格好で出勤する男性を店の中から見ることがあった。流行ってるのかな、と思いながら一拍遅れて「おはようございます」と笑いかけた。

　男性がお惣菜を買って出ていくと、入れ違いに日村さんが入ってきた。

「おはようございます」

　日村さんは私の顔をじっと見つめると、こっくりと頷いてカウンターの椅子に腰かけた。

「晴太、呼びますね」きっと裏で玉ねぎを数えている。

「呼ばんでいい」

「え？」

「わざわざ呼ばんでいい」

　でも、日村さんは晴太のコーヒーを飲みに来ている。日村さんが来たら晴太を呼ぶのがならわしのようなもので、特別なことではない。

「……じゃあ何か食べますか?」

日村さんはむっつりとしたまま、首を横に振った。怒っているようにも見えるが、どうもそんな雰囲気ではない。呼ばなくていいと言ってるのなら、まぁいいかと私は包丁を握りなおした。晴太もそのうち戻って来るだろう。

十五分ほどの間、日村さんは身動きせず、お地蔵様のようにじっとしていた。

晴太がやってきて日村さんがいることに気付くと、「あれ、なんで呼ばねぇの」と私を見た。呼ばなくていいって言われたんだもん、とそのままのことを口にするのがなぜかはばかられて、私は口ごもる。そのうちに日村さんが顔を上げ、短く「コーヒー」と言った。

「うん、すぐ淹れます」

晴太はからりと笑い、それ以上私に問うこともなくカウンターの内側へと回ってきた。

九時ごろまでは、一人帰ったら次の一人がやってくるような状況が続き、お相撲さんのような立派な体格の人がポテトサラダを根こそぎ買っていってくれたところで客足が途切れた。

「すげー、昼の分まで売れた」

晴太が明るい声で言う。私も釣られて笑いかけたが、笑い事ではなく、急いで昼の分も作り足さなくてはならないことに気付く。ポテトサラダは生のきゅうりと玉ねぎを入れているから、日持ちしないのだ。

「裏からじゃがいも、段ボールごと持ってきて。できれば洗って。手が空いてたら茹でてくれる？　皮も剝いてくれると嬉しい」

「要するに下ごしらえしろってことだよな」

文句のように聞こえなくもない言葉を残して、晴太が裏へと消える。

「さて」と日村さんがおもむろに腰を上げた。差し出された手には、すでに三百五十円が載せられている。お金を渡して立ち去りかけた日村さんが、急に足を止め振り向く。小声で私に何か言った。

「え？　すみません」

聞き取れずにカウンターに身を乗り出すと、今度は少し大きな声で日村さんが「定休日は、決まったんか」と言った。

「定休日？　いえ……」

うむ、というように日村さんは頷くと、「決まったら、教えてくれ」とだけ言い、踵を返すと今度こそいつもの歩みで店を出ていった。

ちょうどじゃがいもの段ボールを抱えて、晴太が裏口から続くドアを足で開けながら入ってきた。大きなざるを棚の高いところから造作もなく取り出して、じゃがいもを洗っては次々とざるに放り込んでいく。ぼんやりしていると晴太に追いつかれてしまう。私も慌ててきゅうりをスライスしてぎゅっぎゅと塩で揉む。朝もあんなにたくさんのきゅうりを揉んだのに、と思うが、追加で作り足す必要があるというのはやっぱり嬉しいことでもある。手を動かしながら「ねえ」と口を開いた。

「さっき日村さんが、定休日決めたら教えてくれって」

「定休日?」

「こないださ、高遠さんも言ってたの。定休日ないよねって」

「そうなんだ。やっぱりあった方がいいのかな」

どうかな、とあいまいに呟く。

「蒼の行事があってようやく休みにしたくらいだからね。わざわざ休みの日を作る必要あるかな」

私たちの店は小さいし、一人が店にいればもう一人が仕入れや買い出しで外出もできる。幸い体を壊すことなんて、これまでなかった。それに、休みを作るということはその日の売り上げがゼロということだ。単純に不安だった。晴太も、多少なりともその点を気にしているはずだ。

「でもまあ」と晴太が明るい声を出す。

「日村さん、たぶん、気にしてくれてたんだろうな。休みがないから、おれらは平気かって」

ああ、と私は間の抜けた声を上げてしまった。

「おれは作ってもいいと思うよ。そのぶん下ごしらえに余裕もできるし、凝ったものも別メニューで出せるかもしれない」

「作るとしたら日曜日かな」

「うちは通勤前に寄ってくれる人が多いからな。日曜のランチ客も捨てがたいけど」

晴太は手慣れた様子でじゃがいもに一周切れ目を入れて、ぼこぼこ沸いたお湯に放り込んでいく。私は、きゅうりと玉ねぎとハムをそれぞれ小さく切って、お昼のメインにとりかかった。まぐろはすでに、朝のうちにたれに漬けてある。優子の店の竜田揚げがおいしくて、漬けだれの味付けを教えてもらった。

お相撲さんのような人の来店からふたたび途切れた客足は、十一時半を回るまで戻ることがなかった。おかげでお昼用のポテトサラダを作る時間はたっぷりあったが、店の前を行き過ぎる人の足が誰もこちらに向かってこないのはせつなかった。

「あ、こんにちは。いらっしゃいませ」

晴太がさっき帰ったお客さんのテーブルを片付けながら、入り口に現れたお客さんに声をかける。十四時を回ってお昼の客足が落ち着いたのをいいことに、カウンターの奥でごはんの上に竜田揚げを載せてかきこんでいた私は、首を伸ばしてそちらに目を向けた。

あ、と声がこぼれる。口の端についていた米粒がどんぶりにぽとりと落ちる。

「メシの最中に悪いな」

花井さんは晴太の肩越しに私を見て、からかうみたいに言う。

「いえ、ごめんなさい」

慌てて箸を置くが、花井さんは「食ってからでいいよ、たばこ吸ってくる」と言って外に出ていった。

「サラダ盛って味噌汁温めとくよ」

晴太が冷蔵庫を開けてそう言うので、私は目いっぱい急いでどんぶりの中身を平らげた。

まぐろを揚げる油がぱちぱちと楽しい音で跳ねる。戻ってきた花井さんが「魚か、いいな」と目を細めながら、カウンターの隅の小さな椅子に腰かけた。

晴太が「今日もこれから仕事ですか」とサラリーマンの人によく訊くセリフを花井さんに投げかける。

「いや、今日は午後から休みなんだ」

「それはおつかれさまでした」

油をつつく私の代わりに、晴太が花井さんと会話しているのを目の端でこっそり覗き見る。こ、こっそりと思ってしまったのはなぜだろう。

「腹減ってるってさ、ヒロ」

「え？」

「刑事さん。この時間まで昼メシ食えなかったんだって。急ぎでよろしく」

あ、うん、と答えながら無意識に花井さんを見ると、応えるように彼もこちらを見て口角を上げた。

どうして、と思う。

早く食べたいと言ってくれているのに、私は緊張して、まぐろを引き上げるタイミングが途端にわからなくなる。今日何度も揚げたそれが、まるで見知らぬもののように思えてくる。油の中でくるくると揺れる四角いまぐろを引き上げた時、少し遅かったかもしれない、と額が汗ばんだ。

「お待たせしました」

花井さんの前に、ランチのプレートを置く。いただきます、と丁寧に発音して、花井さんは食べ始めた。少し揚げすぎたかもしれない、と言い訳じみたことを口にしてしまう前に、私はカウンターを離れた。

「うめぇ」

背中に聞こえたその声で、あたたかいなにかがじわっと内側に広がる。同時に胸がひりついて、Tシャツの中心を握りしめた。

「あ、ヒロ」

カウンターの隅でじゃがいもの段ボール箱を開いていた晴太がこちらを見る。

「明日の分は?」

「なに?」

「明日のポテサラ、じゃがいも足らないじゃん」

「あっ」

そうだ。ポテトサラダは毎日作るから、じゃがいもだけは切らさないようにしていたのに。蒼の見送りで半日店を閉じたため晴太の仕入れが少し乱れたのと、今日のお相撲さんポテサラ乱獲事件で、ありがたくもじゃがいもが切れてしまったのだ。

「明日はなしにする？」

「だめだよ、ポテサラは置かなきゃ」

うち一番の人気商品だ。

「おれ買ってくるわ。ちょっと遠いけど、やおいちなら五時までやってるもんな。箱売りしてくれるかわかんねーけど」

「ほんと？　じゃあ」

言いかけて、だめだと気付いて首を振った。

「晴太。蒼」

「あ、そうだった」

やおいちは、ここからバイクで片道二十分はかかる。十六時に店を閉めてからでもやおいちの閉店前には間に合うが、往復すれば蒼の迎えには間に合わない。蒼は十六時四十分に駅に着くのだ。多少駅で待たせておこうなんてしようものなら、蒼は迎えがないのをいいことに、たちまち寄り道をしにふらつき始めるに決まっている。

「乗せてってやるよ」

くぐもった声が私たちに割って入った。味噌汁のお椀から顔を上げて、「ごっそさん」と花井さんは箸を置く。

「その八百屋がどこかはわからんが、姉ちゃんの方も場所は知ってんだろう。兄ちゃんは予定通り、弟を迎えに行けばいい」

私が何か言うより早く、「いえいえ」と晴太が笑いながら首を振った。

「うるさくしてすみません。お客さんにそんなことしてもらうわけには」

とっさに「助かる」と思ってしまった私は、恥ずかしくて顔を伏せた。晴太は「明日は仕方ないよ。朝市で仕込んでくるから」と私を慰めるみたいに言う。

でも、朝市だと七時からの開店で並べるのには間に合わない。ポテトサラダは、高遠さんだって三日にいっぺんは買ってくれるし、ランチの副菜にはちょうどいいし、優子が「ヒロの味がちゃんとできてる」と太鼓判を押してくれた料理だ。胸の内に次々と理由付けが湧き上がるが、そのすべてが絡まってどれも口に出すことができない。

晴太には何でも言えたはずなのに。「仕方ないよ」と言った晴太の言葉に、まるで私は裏切られたみたいな気持ちになる。

「兄ちゃん」

花井さんが声をかけた。

「コーヒー淹れて」

「あ、はい」

晴太が戸棚からコーヒー豆の入った缶を取り出す。花井さんの食べ終わった食器に「お下げしますね」と言って手を伸ばすと、花井さんは「たばこ吸ってくる」と席を立った。洗い物をしているうちに、晴太が豆を挽き、湯を沸かし、もったりとしたコーヒーの香りが広がる。

戻ってきた花井さんが一人で静かにコーヒーを飲んでいる間、以前にも来てくれたカップルが、「コーヒー、テイクアウトできますかー?」と店を覗き、晴太が「大丈夫ですよ」と彼らを招き入れる。カップルをテーブル席で待たせ、晴太はもう一度二人分のコーヒー豆を挽き始めた。

穀物にも似た深い香りのするカップを手に持って、カップルが仲良く店を出ていくと、それから結局閉店まで、客が来ることはなかった。

「じゃ、行くか」

代金を受け取っていると、花井さんがそう言った。「帰るか」という意味の独り言かと思ったら、花井さんはまっすぐ私を見つめている。え、とたじろぐと、顎で店の外を指示される。

「八百屋。じゃがいも買うんだろう」

「いやっ、はい、ええと」

「おれの車もいもくらい載るよ。兄ちゃんは店閉めて、弟迎えに行ってこい」

テーブル席の拭き掃除をしていた晴太は、布巾をぎゅっと絞るようなしぐさをして花井さんを振り返った。

「ほんとに、そんなご迷惑は」

「行ってくる、私」

気付いたら、晴太の言葉を遮っていた。お願いします、と花井さんに頭を下げて、油のはねたエプロンを後ろ手で外す。晴太の顔を見ることなくカウンターの外に出ると、花井さんが「パーキングに停めてある」と言いながらガラス扉を開けた。半分振り返るような形で、晴太のスニーカーのあたりに向かって「行ってきます」と言う。晴太の「行ってらっしゃい」は聞こえず、花井さんが「心配しなくても、すぐ帰ってくる」と言って私の代わりにガラス扉を閉めた。


「たばこくさいのは、目をつむってくれ」

私がしゅっしゅっ、と二回シートベルトを引っ張って装着する間に、花井さんは慣れた手つきでシートベルトを締めてエンジンをふかせた。今の車はボタン一つでエンジンがかかるのか、とこっそり驚く。

「駅の方でいいんだよな」

「あ、はい。駅の向こう側をもう少し行きます」

「近づいたら案内してくれ」

車は滑るように走り出した。先に忠告されていたが、この前と同じく車内はやっぱりたばこのにおいがしっかりと残っていた。そのわりには吸殻は溜まっていない。慣れないたばこのにおいの濃さにときおり咳き込みそうになったが、失礼な気がしてこらえた。花井さんは何も言わず、助手席側の窓を三センチほど開けた。

「帰ったら兄ちゃんに怒られたりしないだろうな」

「晴太に？　いえ、大丈夫だと思いますけど……」

「随分心配してたからな、あんたのこと」花井さんは、思い出したように笑う。

「心配っていうか、本当に申し訳ないって、晴太は」

「ちがうだろ」と花井さんは自分の側の窓を全開にして、窓枠に腕を乗せた。鋭い風が吹き込んできて、私の前髪を揺らす。排気ガスの混じった街の空気が頰にあたり、気持ちいい。

「おれの車に乗せていかれるのが、心配だったんだろうよ。おれは兄弟がいないからわからんが、長男ってのはあんなもんか」

私は答えることができずに、風の吹きこむ花井さんの方を見ていた。前髪がめくれ上がり、額が乾いていく。花井さんの髪もこちら側になびき、横顔は彫刻のように直線的だった。

私と晴太は、常に蒼のことに心を砕いてきた。蒼がけがをしないか、学校で問題を起こしやしないか、ごはんは足りているか、今日もきちんと家に帰ってくるか。もちろん、晴太にだってけがはしてほしくないし、ごはんに満足しているかも気になる。でも、やっぱりどうしても、私はいつでも蒼をいの一番に見つめてしまう。きっと晴太だってそうだと思う。私のことを気にかけてくれているけれど、晴太が初めにまっすぐ捉えるのは、いつだって蒼だ。

それでいい。私たちはそれでいいと思っていた。

だってそうじゃないと、もしも晴太が私のことまで蒼のように気を配っているのだとしたら、私と釣り合わなくなってしまう。私はきっと、器用に蒼のことも晴太のこともなんてできない。

優しい晴太。でも、もしかしたら私は、それが息苦しいのかもしれない。

答えない私に、花井さんはそれ以上何かを重ねて訊いてくることはなかった。もし私がこの人に、私たちが本当の兄弟じゃないのだと言ったら、すぐに信じるだろうか。

「駅、越えたけど」

唐突に花井さんが言う。見ていたはずの外の景色は、駅の向こう側の商店街になっていた。

「あの青い看板のところです。どうしよう、車」

「時間かかる?」

「いえ、多分……品があれば見せてもらって、よければ買ってすぐ戻ってきます」

「じゃあ前に停めときゃいいか」

店の前に車は停まり、行って来いというように花井さんは頷いた。車を降りると、外の空気にほっとした。

こちらにおしりを向けて空の段ボールを片付けている女性に声をかけた。じゃがいもを一箱ほしいと言うと、こころよく売ってくれた。今日のは小さいのばかりだからと格安にしてくれた。配達の必要がないので、その分の費用も浮いた。

「持てる？」

ぱんとはりのある太い腕がじゃがいもの箱を私に差し出す。受け取ったものの、重さにたたらを踏んでしまう。

「だいじょう、ぶです」

「車なんでしょ？」

「はい」

ありがとうございました、と踵を返す。えりあしのあたりに、「まいどー」と言い慣れた声が飛んできた。

店から私がよろよろと現れると、窓枠から腕をだらんと垂らしてたばこを吸っていた花井さんが苦笑しつつ車を降りてきて、後ろのドアを開けてくれた。じゃがいもの箱をどさりと下ろす。

「任務完了」

「はい、ありがとうございました」

　車に戻ると、咥えていたたばこを灰皿でもみ消しながら「四時半か」と花井さんが呟く。晴太はもう出ただろうか。蒼はどれくらい荷物を増やして帰ってくるだろう。今日は洗濯物が多くなるな。そんな事を考えながらぼうっと前を見ていたら、エンジンをかけた花井さんが「どうする」と尋ねた。

「駅、向かうか。あんたも弟迎えに」

　花井さんの顔をじっと見つめる。少しだけ、何を言われているのかも考えずにこの人の顔だけを見ていたいと思っていた。

「いえ」

　目をそらし、古びたカメラ屋のシャッターを見ながら言う。

「晴太が行ったので、私は大丈夫です」

　ふん、ともふーん、ともつかない返事をして、車は動き出した。そういえば、この人の家はどのあたりにあるんだろう。疑問が浮かぶが、聞く気はないのですぐに頭の中から消えていく。

　街はにじむように全体が黄色っぽく染まっていた。でも、まだ日は高い。

「いくつだっけ」

前触れもなく、花井さんが尋ねた。年齢のことだと気付くまで五秒ほどかかり「あ、もうすぐ二十四です」と答える。

「兄ちゃんは」

「一つ上です」

「弟は」

「三年生です、中学の」

「いくつ離れてんだ」

「私とは九」

「九つ下か……」

何かを考え込むように、花井さんは黙って前を向いたまま運転を続けた。意味なんて、きっとない。花井さんは大人だから、私と違って、会話の糸口を適当に見つけることができるのだ。

「店はいつから」再び花井さんが口を開いた。

「もうすぐ一年です」

「ほう、立派なもんだな」

「全然、ギリギリですけど」

「んじゃ、もっと貢献するようにしないとな」

花井さんは笑いもせずにそう言った。「ありがとうございます」と小さな声で答えた。

ぐんぐんと商店街は遠ざかり、あっという間に駅を越える。見知った町並みが窓の外を流れていく。知った店、知った看板を見つけるたびに、なぜか悔しい思いがする。いっそ知らない街であれば、全部知らないところからもう一度始めることができるのに。

「弟が」

赤信号で車が停まる。口を開いた私を、花井さんの視線がゆっくりとなぞる。

「卒業したら、家を出るんです」

「ほう」

早ぇな、と花井さんは前に向き直る。

「蒼が家を出たら、多分、店は続けられないと思うんです」

「なんで」

ちっとも不思議そうじゃない声で花井さんが尋ねる。

なんでだろう。なんでこんなにも明確に、私は「続けられない」と思ってしまうんだろう。

考えながら口を開く。

「意味がないから」

「意味？」

「蒼がいないと、売り上げなんてなくても構わないし、人が来ても来なくても、多分どうでもよくなるから」

「ずいぶんな言い様だな」

怒られたような気がして、つい「すみません」と呟いた。でも、喉の奥から湧き上がってくる言葉を止められない。

「蒼のごはんを作るのは私だけど、そのためのお金は、蒼の父親が出しているんです。店の資金もそうだし、今回の修学旅行の積立も、旅行かばんの代金も。店の売り上げは結局毎日のやりくりでどっかに行っちゃって、そのお金がまっすぐ蒼に行くことはないんです」

「それが？　親父が息子に金を使うのは当然だろ。ていうか、父親がいるのか」

「蒼の父親です。私のじゃなくて」

花井さんは少し口をつぐんで、「ふーん」と言った。

「私、ずっと、あの人に勝ちたくて、私たちだけでやれるところを見せつけたくて、あの人と競うみたいなつもりでずっとやってました。勝てるわけないのに」

財力とか、経験値とか、結局のところの包容力とか、そういうものが何一つ及ばないことが身に沁みただけだった。そんなはずはないとがむしゃらにやってきた一年だった。

「六百七十万」

「ん？」

「六百七十万円あったら、なにしますか」

「六百七十万？　やけに具体的だな」

花井さんは少し考えるようにハンドルを握ったまま口を閉ざしていたが、「あんたは？」と逆に聞き返してきた。

「六百七十万は、蒼の進学資金なんです」

「中三にしちゃ金のかかる小僧だな」

その言い方に思わず笑った。たしかに、全部を一度につぎ込むならずいぶんな金額だが、長い目で見ればそれくらい、あるいはもっと必要になるのかもしれない。

「あの人が、蒼の父親が、なんにも言わずに私たちに寄越してくるんです」

「ふーん」

それだけで、もう私は粉々に砕かれてしまうのだ。あの男がボタン一つで私たちの目の前にぽんと放り投げてくる大金は、きっと今後蒼をいろんな方面で助けることになるだろう。最初の一歩を踏み出す足がかりにもなり、今後つまずきかけたときに手を伸ばす支えにもなり、このところ次々と増えた街灯のように、遠慮なく蒼の未来を照らすかもしれない。

本当は、それは全部、私がしたかった。蒼の背中を押すことも、転んだ蒼に手を差し伸べるのも、懐中電灯みたいな光であっても蛍のおしりみたいな光であっても、蒼の足元を照らすのは全部私でありたかった。

取らないで。私の役目を取らないで。

淡々と、諦めるみたいに蒼の最善を選んでいく晴太に、私はそうやって一緒に言ってほしかった。

私の目も、耳も、外の世界を受け付けなかったあの頃、まだ赤ん坊の蒼を抱いた晴太が、私に言葉を与えてくれた。私と同じくらい世界のことを何も知らないはずの蒼が、私の指を強く握ってこっちだと教えてくれた。ふたりに導かれるままここまで生きてきた私にとって、蒼と離れることは、生きる道を見失うのと同じくらい怖いことだった。

それならいっそ、何も知らなかった頃に戻りたい。文字の書き方、お礼の言い方、ほしい方へ手を伸ばすこと、むずむずする胸には喜びが詰まっているということ、それらを全部忘れてしまえば、晴太と蒼は私のそばにいてくれるかもしれない。ばかげた考えだとわかっているからこそ、ずっとくすぶっている。

「あんたは」

花井さんが前を見据えたまま言う。

「それで店やめて、次どうすんだ」

「次なんて、なにも」

「弟のためだけに生きてんのか。弟さえあんたの思うように育ったらそれでいいのか」

「思うようにって、べつに、私」

「六百七十万なんてな、あっという間に無くなるぞ。どうかすると一年だ。使いようによっちゃ一晩で消える。弟の親父が弟のために金を寄越してきたんなら、ラッキーと思って使っちまえばいい。弟の進学のために使うのが嫌なら、三人でバカンスでも行けばいい。そんで、あんたがしてやりたいなら、また汗水たらして働いて、弟のために稼いでやれよ」

あっけにとられて花井さんの横顔を見つめる。花井さんはつまらなそうに、「ああだこうだ言わずに、その金は弟の進学に使うのが賢いと思うけどな」と鼻を鳴らした。

「とはいえその六百何万だとかも、あんまり外で言うもんじゃない」

花井さんが横目で私を見た。

「いつ誰があんたらを襲ってその大金をかっぱらってやろうと思うか、わからんからな」

気を付けます、と小声で私が言うと、うん、と言うように花井さんが頷く。花井さんの言葉は容赦なく、鋭いながらもつるんと私の中に落ちていった。

私はこの人に言ってしまいたくなる。蒼が家を出たら、きっとあの人が攫いに来るんです。あっという間に私から見えないところに、蒼を隠してしまうと思うんです。

「いいな」

何の脈絡もなく、花井さんが呟いた。

「はい？」

「弟、いいなと思って」

弟がいるのはいいなということなのか、弟はいい思いをしているなということなのかわからないまま、花井さんは車を停めた。気付けばうちの前だった。シャッターが閉まり、看板も中に片付けられている。晴太が片付けをして、蒼を迎えに行ったのだ。

花井さんは、「着いたぞ」とも「降りろ」とも言わなかった。ただ車を停めて、前をじっと見ている。花井さんの見ているものを確かめるみたいに、私もフロントガラスの向こうに目をやったが、ただ、私たちを追い越していく車がすっすっと小さく伸びて遠ざかるだけだった。

この車を降りても、きっと何も変わらない。私たちは明日も店を開けるし、お惣菜を作る。蒼が進学先を変えることはないだろうし、晴太がその背中を押すことをやめることもない。口座に入った六百七十万円は使われるときをじっと待っているし、そのお金がなくなるとき、黒宮慎司は蒼を連れて行くかもしれない。

でも、もしかしたらと思ったのだ。一時間前、「じゃ、行くか」と言った花井さんがあまりに簡単に歩いていくので、その足取りについていけば、この車に乗ってしまえば、何かが変わる気がした。ささやかな行為ひとつで、私は何かを変えてみたかった。

「ありがとうございました」

「はいよ。降ろせるか、荷物」

私は車を降りて、じゃがいもの箱を車から地面に降ろす。ヘッドレストの向こうにある花井さんの顔は見えなかったが、たばこの煙が糸みたいに細く窓の外へと流れていくのが後ろからでも見えた。箱を抱えて、少し足元がふらつくものの私はしっかりと立ち、花井さんに向けて頭を下げる。ふらっと手を上げて応えた花井さんは、そのまま私のことなど忘れたように走り去った。

街の色が変わっていた。中途半端に赤い夕日が空の青と雲を通して、街をほんのりと暖色に染めていた。じゃがいもの箱は重たく、ぴんと張り詰めた腕が軋む。ぶるっと獣の咆哮(ほうこう)のような音がして、さっき花井さんの車が停まっていた場所に、見慣れたバイクが停車した。

「ヒロだ」

珍しい動物でも発見したみたいに、まんまるの目で蒼が言う。

「ただいま」

行きにぱんぱんだったバッグは、さらに膨れ上がっていた。閉まりきらない口からは、四角い箱の一角が飛び出している。

「おかえり、蒼」

腹減った、と呟き、ちぎるようにヘルメットを脱ぐと、蒼はへらりと笑って言った。

「すっげー楽しかった」

次の日、学校が休みの蒼は、午前中二階の家でごろごろしたり店に顔を出したり、晴太に「手伝え」とどやされて皿を割ったりしていたが、昼ごはんを食べたあと、ふらりと「散歩してくる」と言って出かけた。私と晴太は、閉店後いつものように掃除と夕飯の準備をして蒼を待ったが、蒼はいつまで経っても、夜になっても、朝日が昇っても、帰ってこなかった。

6

私の最初の記憶なんですけどね、という前置きで、お母さんのおっぱいを飲んでいたらお乳が詰まってむせたという話をする女優に、ひな壇に座る芸能人たちが「えー！」と声を上げていた。そんな番組をいつだったか見たことがある。母親のおっぱいを飲んでいた記憶があるとは、なんて記憶力がいいんだろうと思ったが、よくよく考えれば私も結構昔のことまで覚えている。

母は太っていた。よく日に焼けて、いつもぺらぺらのビーチサンダルを足の先に引っ掛けるように履いていた。おそらく三、四歳だろう私は、母の太い指を握りながら裸足で熱いコンクリートの上をぺたぺたと歩いていた。

ハワイ生まれハワイ育ちの母は、海外旅行に来ていた日本人男性と恋に落ち、ハワイで私を産み落とした。一人、ハワイ島のヒロという街の古い病院で。

今でこそハワイ島は日本からの直行便が飛んで、観光客が火山見学に来たりただのんびりするために来たりと観光地化しているらしいが、当時のヒロは美しい海とだだっぴろい牧場、ちまちま並ぶ個人商店、そしてどこまでも続く道路が曇り空の下で延びているだけの街だったようだ。

私の記憶には、ヒロの街にいる父がいない。見たこともないその日本人男性を、母は私に問わず語りで聞かせた。背が高くて痩せていて、細いフレームのメガネを掛けた、頭が良くて優しくて物腰の柔らかい素晴らしい人が自国に帰っていることを。母の言い方はまるで、今だけ日本に帰っていて、いつか私たちを迎えに来るのだと言いたげだった。はっきりとそうだと言ったわけではないし、そうであればいいとも母は言わなかったが、私たちはお互いに「そうだといいね」と言い合うように、いつしか固くそのときを夢見ていた。

でも母は、日本人男性と恋に落ちたというより、ただ一人で恋に落ちたらしかった。

母が語る父というものを、私は漠然と想像し、ヒロにはいないその背が高くて痩せている優しい男が私に笑いかけるのを夢想した。母の父、つまり私の祖父が皺（しわ）だらけの顔で私に笑いかける印象とはぜんぜん異なる何かを期待していた。

母は祖父母の協力を得ながら六年間ハワイで私を育てると、突然、私の父に当たる人を捜しに日本へとやってきた。不意に会いたくなったのだろうか。待ちきれなくなったのだろうか。

その人は簡単に見つかった。仕事先を聞いていたから、その会社に行けばいいとも容易く再会できたのだという。

父は既婚者だった。母とハワイで関係を持ったときにそうだったのかどうか、私は知らない。ただ、その父に当たる人は、私を認知した。手続き的には様々な面倒があっただろうが、紆余曲折も何もなく、私は日本国籍を得たのである。

晴れて日本人となった私を、母はぎゅっと抱きしめて、日本に置いていった。たとえ既婚者で、自分と一緒にはなれない男だとしても、素晴らしい恋を得た母は、日本を素晴らしい国だと盲信していた。だから私を置いていったのだ。私に何かしらの期待をかけたのかもしれないし、なにもないヒロの街で一人私を育てることに倦(う)んだのかもしれない。その最後の「ぎゅっと」は、むなしく私を締め付けた。

母からは、時々手紙がきた。亡くなった祖父のこと、祖母と営む小さな土産物屋、観光客の増えたヒロの街、延び続ける幹線道路。返事はあまり書かなかった。なんと書き出せばいいのかや、もし何か——たとえば一人異国に置いていかれたことへの疑問だとか、普段考えずに済んでいることが紙の上に吐き出されたらどうしようという恐怖で、ペンを執ることができなかった。

母がいつか迎えに来るだろうという期待は、はじめからなかったように思う。

私が日本で一人残されたのは、「よつばの家」という私立の福祉施設で、まずは日本語を学ぶところから始まり、翌四月に私は小学校に入れられた。同じ歳の子どもたちと過ごせば、勝手に言葉も覚えるだろうというわけである。

言葉を得るということは、たとえば数式を覚えるとか歴史の年号を覚えるとか、そういうものではなく、どちらかといえばスマホの使い方を覚えることに近いと思う。手探りで、正しいやり方を、効率の良い使い方を見つけながら、周りがどんなふうに使っているのか首を伸ばして盗み見る。そんなことを繰り返しているうちに、気付いたら自然に日本語を理解できるようになっていた。

小学校は恐ろしいところだった。

意味不明の言葉は縦横無尽に周りの子どもから放たれ、自分に向けられているのかそうでないのかもわからない。初めて口にする給食、パサパサの手触りなのに中がふんわりと白いパンや、柔らかく炊かれたお米、甘辛いおかずたちに私はいちいち戸惑った。

同級生たちにとって、意味不明だったのは私の方だったのだろう。その率直なまなざしに耐えきれなかった私は、慣れ親しんだ自分の言葉からも、覚えなければならない日本語からも、そっと心を閉ざした。

半年を小学校で過ごせば、子どもに向けられるような簡単な日本語はほとんど聞き取れるようになっていた。でも、声に乗せて何一つ私の中からは出ていかなかった。授業で当てられてもだんまり。みんなで話し合うような機会でも、私は「そういうもの」だとして、ただそこにいるだけだった。

引っ張り出してくれたのは、晴太だ。強引なやり方ではなく、私の中にいつの間にか入り込んで、詰まったなにかを一緒に外に押し出してくれた。

　小学校三年生の、運動会の全体練習の日だった。まだ暑い、蟬の声が聞こえてくる九月の中旬で、軽度の熱中症でばたばたと倒れていく子どもたちに教師たちは右往左往していた。ハワイの強い紫外線と乾いた空気を浴びて過ごしてきた私には、砂漠のような運動場で立ったり座ったりを繰り返す練習は大した負担ではなかった。

　休憩時間になって、裏庭の木陰に置いた水筒を目指して歩いた。裏庭には小さな池があり、虫やトカゲが多く住まっていたせいで、休み時間になると男子はよく集まっていたが女子が来ることはそうなかった。運動場からも遠く、わざわざ誰かが休憩場所に選びそうにないところにあえて水筒を置いていた。それなのに、私と同じ方向に歩いていく男の子がいる。赤白帽をぎゅっと生真面目な感じに深くかぶって、休憩時間なのにまるで隊列を組んでいるみたいに規則正しく歩いている。背がそう高いわけではないのに、手足の長い男の子だった。ヒロちゃんは手足が長いからきっとモデルさんみたいになるわね、とよつばの家の人たちが言う言葉を思い出し、「私と似ている」と思った。

　突然、男の子がくるりと振り返った。

「教室に忘れ物？」

　私の答えを待ち、男の子は足を止めた。答えない私を不思議そうに見つめて、「何年？」と問いかける。数字はとっくに覚えていた。さん。さんねんせい。心の中で唱えるも、口から出ていくことはない。

「トイレ？　たいく倉庫の側が近いよ」

たいいくそうこ。男の子の代わりに、心の中で教科書通りに発音を言い直す。

「ヒロ」

振り返ったときから突然だったけれど、そのときも突然その子は私の名前を呼んだ。目を見張った私を得意げに見返して、「カタカナだ」とどうしてか嬉しそうに言ってまた歩き出した。呼んだのではなく、体育着の胸に書かれた私の名札を読んだのだとわかったが、喉の奥がかゆいような熱を持ち、私はうつむいて足を早めた。

私が水筒を置いた木陰には、私のものの他に黒色の大きな水筒が置かれていた。男の子は当然のようにそれを拾い上げると、隣に立っていた小さな水色の水筒を私に差し出した。

「ここ、いいよな。人が来なくて」

おれ四年生、と聞かれたわけでもなく答えて、男の子は水筒を傾けて喉を鳴らした。遠くの方で、運動場のざわめきが薄く広がっている。じりじりと押しつぶすみたいな蟬の鳴き声が、途切れ途切れに聞こえた。でも時折吹く風が涼しくて、季節が変わる、と思った。四季の移り変わりの印象が薄いハワイを出て初めて知った、季節の変わり目のにおいと音。

「じゃ、おれ行くわ」

男の子はあっさりと走り去ってしまった。どこに行くの、学年は、名前は、と質問攻めにされていたのに、あっという間に興味を失ったようにして行ってしまった後ろ姿に、このときばかりは肩透かしを食らった気持ちになったのを覚えている。

その子が晴太だった。串団子みたいな丸くて小さな頭に、長い手足。このときはまだ背はそんなに高くなかったが、中学校に入って部活を始めたら、みるみるうちに伸びて、ほとんどの先生よりも背が高くなってしまった晴太。柔らかそうなほっぺたを膨らませて笑い、そこかしこに日だまりを作る。たぶん、周りの子どもたちも、教師たちも、みんな晴太が好きだった。私とは正反対の晴太。

晴太と初めて出会ったその週の日曜日、晴太はよつばの家にやってきた。暗い色の服を着た痩せた女の人と一緒で、その人はぱっちりと目を見開いた赤ん坊を抱いていた。母親だろうその女性よりも赤ん坊の方がずっと健康そうに見えた。よつばの家には長い縁側があり、そこに腰掛けて「あたまのよくなる」とてらいなく書かれたパズルをしていた私は、正面の門から入ってきた彼らにまっさきに気付いた。そこにいるのがあの日の男の子だとすぐにわかったが、それよりも先に、女性が抱いた赤ん坊の見開いた目が私をまっすぐ見つめているような気がして、動けなくなった。

「あ！」

すぐに私に気付いた晴太が駆け寄ってきて、「ここの子だったのか。おれの妹みたいなもんじゃん」と笑った意味を、私はまったく理解できなくて、ただ黙って晴太を見上げていた。

「おれ、一年生までここにいたんだ。いつから？」

言ったそばから晴太は「そうだ吉原さんのところ、先に行かなきゃなんだった」と言って、施設長の吉原さんがいる職員室に向かって勝手知ったる様子で歩いていってしまった。あとを追うように、赤ん坊を抱いた女性が施設に入っていく。私と目が合うも、ふいと視線を逸らす。怖いみたいに、うつむいて歩いていく。

それからずっとあとになって聞いたところ、晴太は生まれてすぐによつばの家に預けられ、小学一年生の終わり頃、黒宮家の養子となった。どうして晴太だったのか、どうやって選んだのか、私は何も知らないし晴太も言わない。よつばの家には十五人近くの子どもが暮らしていて規模は小さかったが、年齢は赤ん坊から高校生までさまざまだったから、黒宮家の求める適齢期の子どもがたまたま晴太だったのかもしれない。ともかく晴太はよつばの家を去り、そのすぐあと、私がやってきた。

晴太はその日、自分の弟である蒼を吉原さんに見せに来たのだ。蒼を抱いていた女性は蒼の母親で、痩せた細い肩が、暗い色のカーディガンを押し上げてやけに尖って見えた。うつむいて歩いていた姿だけがいつまでも忘れられずにいる。きっと、会ったのはあれが最初で最後だったからだ。当時、蒼は一歳にもならない頃で、ちょうど黒宮家には嫡男が生まれていた。黒宮慎司の正妻の子。

「リリース」と晴太は言った。蒼は蒼のお母さんのところにリリースされたけれど、蒼のお母さんは、蒼と引き離された数か月で身か心か、その両方を病んでしまった。そして蒼が二歳になるより前に亡くなってしまった。

「楽しみで仕方がなかったんだ。蒼が、弟が来るのが」

いつだかそう言っていた。無邪気な晴太。蒼が生まれることで、養子の自分がすでに黒宮家にとって不要なものであることになんて思いも至らなかった。でもその蒼もいらなくなって、こうして晴太と同じ家にたどり着いた。

「父さんは忙しいから、おれとは一緒に暮らせない。でも代わりに知らない人たちがおれの世話をしてくれるし、学校行事にも来てくれる。よつばの家は、そういうのはできなかったから、嬉しかったんだ。そこにさらに弟ができるなんて、めちゃくちゃ楽しそうだろ」

晴太がよつばの家にやってきてしばらくのこと、今度は晴太は一人でやってきた。私を見つけて駆け寄ってくると、「うちに遊びに来る？」とまるで今思いついたみたいに言った。

私はそのとき晴太の名前も知らなかったし、どうしてこのよつばの家にいたのか、なぜ出ていったのか、今どこに住んでいて、そこには誰がいて、そしてなによりどうして私をまた誘いに来たのか、なに一つわからなかったけれど、私は立ち上がって吉原さんのいる職員室の方を振り返っていた。

「吉原さん、いいって。ヒロを連れて行っても」

おいで、というように晴太は私の手を取って歩き始めた。ぎょっとして腕を引きかけた私の手を固く握って晴太は離さなかった。ここに来てから誰かと手を繫ぐのは、吉原さん以外で初めてだった。それ以前に、同じ年頃の子どもの手を握ったこともなかったから、その小さくて熱くて湿った感触の頼りなさに戸惑った。

「ヒロは外国人なの?」

よつばの家の正門をまたぎ越したとき、晴太が尋ねた。ときどき小学校の中でそう言われることがあったからそうなのだろうと思っていた。どうしてわかってしまうのだろう。

「だから喋らないの? おれが言ってることわかんない?」

晴太は私の手を握ったまま、ずっと同じ調子で歩きながら尋ねる。黙って首を横に振ると、前を見て歩いていたはずの晴太が急に振り返って、「なんだ、よかった」と笑った。

「わかんない言葉があるなら、おれが教えてやるよ。ヒロ、三年生だろ。おれは四年生だから、ヒロのわからない言葉もたぶんわかるよ」

だいじょうぶだよ、と晴太が言った。自信にあふれていて、まるで何キロ先も見通してしまえるみたいに堂々と。

だいじょうぶ、と私は呟いた。晴太は顔を輝かせ、歯を見せて笑うと、「うん、だいじょうぶ」と繰り返した。

晴太は私の手を引いて三十分は歩き、たどり着いた家は大きな門扉の立派な日本家屋だった。そこに蒼がいた。あまり笑わない家政婦さんが、広い部屋で一人、蒼のゆりかごをゆらゆらと片手で揺らしていた。

「蒼だよ。おれの弟。この前から一緒に住んでるんだ」

ブルー、と晴太は言った。私はよくわからないまま、うんと頷く。

「ときどきおれを見て笑うんだよ。おれが兄ちゃんだってわかってるんだ。すごいよな」

晴太はそのまま、見惚れるように蒼を見ていた。釣られて私も蒼を見ているうちに、眠っていた蒼がそっと目を開き、手足をにぎにぎと動かした。真っ黒で大きな瞳が、どこでもない場所をじっと見つめている。おきた、と晴太は声をひそめて呟いた。

なんて強いのだろう。晴太からも、赤ん坊の蒼からも、お互いに呼び合うみたいな強い視線が行き交っている。ふたりが顔を見合わせるこのゆりかごの小さな空間が、眩しい光を放つみたいに私を圧倒していた。

きっとふたりともわかっていたのだ。父に捨てられ母とも引き離された蒼には、晴太だけが、そして同じく父も母もいない晴太にとって、蒼だけが家族だということを。

入れて、と思った。私もそこに入れて。うらやましいとかあこがれるとか、そんな感情を飛び越えて、私もそこに入れてほしいと思った。同時に、そのためにどうすればいいのかすぐにわかった。

この子を愛したらいいのだ。晴太がするみたいに、この赤ん坊を世界一うつくしいと思って、世界一かわいいと言って、何よりも大切に思うことができたら、きっと私もこの空間に入れてもらえる。

「蒼」

晴太が名前を呼んだ。蒼はぼうっと上を見上げたまま、泣きもせずにいる。

「あお」

まねをして、私も名前を呼んだ。晴太が私を見て、にこりとする。泣いてしまいそうだった。嬉しくて、私は晴太から顔を隠すように蒼を見下ろした。

あお、あお。晴太の大切な、私の大切なあお。

私はほとんど毎日晴太の家に通った。今日も行きたい、蒼に会いたいと言う私を晴太は少しも訝しがることなく、毎回嬉しそうに受け入れた。学校から、もしくはよつばの家から晴太の家に向かう道すがら、晴太は私に言葉を教え、根気良く繰り返し言わせたり、イントネーションを直したりした。

蒼は毎日どんどん大きくなり、形を変えていくように思えた。私を見て笑うことも、泣くことも、怒って何かを投げつけてくることもあったが、そのすべてが蒼から私への言葉の代わりだから、全部を受け止めた。

晴太の家は黒宮の本家とは離れていたがなかなか立派なしつらえで、私たちはその広さと外から閉ざされた空間を十二分に生かして三人で遊び続けた。

ほぼ毎日通い始めて二年が経った頃から、いつもいた家政婦さんがごはんだけを作りに来て、それが終われば帰るようになった。

一度だけ黒宮慎司がやってきて、晴太に私のことを尋ねた。そのとき晴太がなんと言ったのか、私は思い出せずにいる。友達だと言ったのか、よつばの家の子だと言ったのか、それとも別のなにかなのか。ひどく緊張した。大人同士が対峙するように、遠慮なく私を見下ろす慎司の目に、体中をひっくり返されて内臓まで見透かされてしまうようで、私の目はあからさまに泳いでいただろう。

「——名前は？」

「ヒロだよ。五年生で」

「今はこの人に訊いているんです。晴太」

ふつりと晴太は口を閉ざした。

「名前は？」再び慎司が尋ねる。

私は薄く呼吸した。声は出てこなかった。晴太がぎゅっと私の手を握る。慎司がそれを黙って見下ろした。

答えない私に慎司がなんと言ったのか覚えていない。なんであれ、きっと吉原さんにさっさと連絡をとって、私の素性を確かめたに違いない。その後晴太の家でたまに慎司に会ったが、私に何かを言ってくることもなかった。

その一年後にはよつばの家を出て、晴太と蒼と暮らし始めることになる。

「ヒロももう、一緒に住んだらいいよ。よつばの家にいるより楽だろ？　三人なら、絶対楽しい」

私はそのとおりこの家に住み着いた。はじめはよつばの家に籍を置いたまま晴太の家に寝泊まりするようになった。吉原さんがあらゆる方面の——おそらく、思春期の男女が一緒に寝泊まりすることや蒼の養育など、実にあらゆる方面の——心配をして何度か家を訪ねてきたが、私たちがあまりに淡々と生活をしている様子を確かめて、安心したわけではないだろうがうるさいことは言わなかった。

蒼は私にも晴太にもよくなついていた。私たちははたから見ればまるで兄弟のように一緒に暮らし、当たり前のように蒼の保護者となって、人に関係を聞かれれば迷わず「兄弟です」と答えるようになっていった。


蒼は怒るだろうか。

この気持ちが自分本位な始まりだったことを。ただふたりの作る空間に入れてほしくて、割り込むようなまねをしたことを。

蒼は怒るだろうか。だから、帰ってこないのだろうか。

7

おれ、話したんだよ。

ふたりきりのダイニングで、晴太が言葉をこぼした。優子からは蒼は来ていないと聞いていたし、連絡のつく蒼の友達には一通り尋ねたが、どこにもいなかった。蒼はスマホを持っていない。財布は持って出たようだった。黒宮慎司から振り込まれるお金が入った通帳が消えていた。

「一昨日、駅から家まで帰るときに。父さんから送られてくる金が結構貯まってて、今は六百七十万円あるって。おれが父さんに蒼の進路のこと報告してくるって言ったら、あっそ、て」

「ああ」

私が相槌のようなため息のような声を吐くと、晴太は椅子から立ち上がり、落ち着かないように壁に吊るした絵——蒼が美術の授業で模写した風景画——の額縁をなでて、指についた埃を払い落とした。

晴太と私はきっと今、同じ想像をしている。蒼は、黒宮慎司のところへ行ったのだ。わかっているのに確かめようとしないのは、もし本当にそうだったとき、私たちはどんな顔をしたらいいのかわからないからだ。突然思いついたみたいに全力で走り出した蒼を、戻ってくるさと待てばいいのか必死で追いかけたらいいのか、見当がつかない。

晴太のスマホが鳴った。テーブルに置いてあるそれを、晴太より先に手にとる。

『なにかわかった？』

優子は走ったあとのように息を切らしていた。

「ううん」

そう、と言葉を落とした優子はしばらく押し黙る。言おうか言うまいか逡巡している空気を感じ、こちらも待った。

『あの、私』

うん、と続きを促すが、また優子は黙る。不意に細い息の音が聞こえた。わずかに震えていたようにも感じ、スマホを摑み直す。

「優子？」

『あとであなたたちに、話すことがあるの』

「何？」

『ごめんなさい、今度会ったとき、必ず話すから』

これ以上促しても今は話してくれないだろうと思わせる強い口調に気圧されて、うん、と言うしかない。晴太が不思議そうに私の顔を覗き込む。

「蒼のことでなにかわかれば、すぐに連絡するね。蒼ももう子どもじゃないから、自分の意志でどこかに行ったことは間違いないと思うの」

『子どもじゃないって、何言ってるの。まだ中学生じゃない』

とにかくまたそっちに行くから、と言うとなにか急に慌てたように『それじゃあ、ごめんなさい、また』と電話は切れた。

「優子、なにか話したいことがあるって。今度話すって。なにか急いでるみたいだった」

「心配掛けてるだろうな」

晴太にスマホを返すと、初めから決まっていたことのように「父さんに電話する」と言った。

「うん」

「どうする」

晴太は決断を迫るように、私を見つめている。

「父さんのところに蒼がいて、例えば今後の進路について相談してたり、お金の援助を頼んでたり、ありえなくはないと思う」

私も同じ想像をしていた。晴太は意を決したように言葉を繋ぐ。

「父さんと話をして、あいつがここには帰ってこないって決めたらどうする」

「……どうして？」

訊きながら、「どうして」が何に対するものなのか自分でもわからない。「どうして」蒼が帰ってこないなんて言うのか、「どうして」そんな質問をするのか、はたまた「どうして」私たちはこんなにも蒼のことでためらっているのか。

「蒼はきっと覚えてる。あのときおれたちが約束したことを」

蒼が家を出るときは、黒宮家の方針に従うこと。

私はあの日のことを思い出し、黙ったまま首を縦に振った。

「どうしようもないよな」

おれたちには、どうしようもない。

晴太はスマホを握りしめたまま諦めたみたいにそう言って、私から視線を外した。

そうだ私たちにはどうしようもない。他人なんだから。黒宮慎司だけが蒼の父親で、慎司はたしかに父親として蒼に生きるすべをお金という形で与えていた。

私は蒼に居場所を作ってもらったが、私は、なにもあの子に返すことができないでいた。

「晴太」

こちらを向いた丸い目はいつも子犬みたいにしっとり濡れている。晴太はいつまで経っても子どもみたいな目をする。

「ここまでだよって、この前、晴太が」

「ああ」

おれたちはここまでだよ。

そう言った晴太の声の哀しい響きが、今もまぶしい光のようにはっきりと思い出せる。その正直さに背中を貫かれて、私は立ち尽くしたのだった。

そうだね、私たちはここまでだねと晴太の手を取ってあげられなかったことを今でも後悔している。ひとりでふさぎこんで、晴太の顔を見ることもしなかった。

だから今度こそ言わなければならない。

それはちがう、と。

「あの人のところ、行こう」

晴太が目を見張った。

「蒼がいたら、あの人の前で聞こう。どうするのって。私たちがどうするかじゃなくて、あんたはどうするのって」

「……蒼が帰らないって言ったら？」

「あの人のところで暮らしたいならそれでもいい。でも、いったんこの家に連れ帰らなきゃ。叱らなきゃ、黙って帰ってこないなんて」

晴太は虚をつかれたように私を見つめたあと、肩の力を抜いた。

「そういやあのときも、散々心配したって言ったのにな、あいつ」

全然応えてないみたいだ。そう言って晴太はバイクのキーを手にとった。時計に目を走らせる。蒼がいなくなってちょうど一日が経ったくらい、十六時を回ろうとしていた。黒宮慎司はいないだろうが、蒼は家にいるかもしれない。

私たちは七年前のあの日をもう一度やり直そうとしている。それを私と晴太で共有しているような確かな感覚があった。

あの日取りこぼしたかもしれない蒼の、蒼だけじゃなく私たち自身の輪郭を摑み直すために、私たちはなんとしてでも蒼を捕まえて、揺さぶって、抱きしめて、ばかやろうと叫ばなければならなかった。


黒宮慎司は家にいた。昔から不在がちの彼がなぜこんな時間に家にいるのか知らないが、とにかくいた。見たことのない女性が私たちを彼のもとまで案内して、さっと消えた。

「来たら私に会えると思いましたか」

呆れた顔つきで慎司が尋ねた。いえ、と晴太も拍子抜けしたように答えて、律儀に「お久しぶりです」と頭を下げた。慎司はにっこり笑って、目尻に刻んだ深い皺をそのままに「蒼は来ていませんが」と言った。

「え」

声を上げた晴太と息を呑んだ私を見て、慎司はわざとらしく目を見開いた。

「ここにいると、思い込んでいたんですか」

「本当に？」

晴太自身、わかっていながら聞かずにいられなかったのだろう。慎司はわずかに鼻白んだような口調で「当たり前だ」と言った。

「あなたたちが血相変えてやって来たので蒼のことだろうとは思いましたが、まさかまた勝手に連れ出したりしませんよ」

「いえ……蒼が、自分でここに来たかと思って」

「どうして。蒼はこの家に寄り付かない」

慎司がきっぱりと言う。

蒼はこれまで慎司を含めた黒宮家に関心を示す素振りを一切見せなかったし、家で慎司のことを口にすることも、彼と連絡をとっている様子もなかった。せめてそれを慎司が苦々しく思っていてくれたらという気持ちがどこかにあったが、まさかそれを慎司自身が認めるなんて思わなかった。あくまで自分の手のひらの上での出来事であることを私たちに意識させて、蒼の無関心に対してすら寛容なふりをしているのだと思っていた。

晴太が「来ていないんですね」と念を押した。

「来ていませんよ。連絡もありません」

「蒼が昨日から帰らないんです」

「そうですか」

慎司は、ただそう言って無表情で晴太を見た。晴太はつとめて冷静に言う。

「蒼はまだ中学生です。連絡を取るすべがないんです」

「警察には届けましたか」

「いや、まだ……」

晴太は言葉を探すように私に目を向けた。私も晴太を見上げ、一瞬視線を交わす。考えもしなかったことに今、思い当たったのだった。

「私はあなたたち以上に、蒼のことはわかりません」

潔いとも言える口調で慎司が言い切った。面倒事を持ち込むなというふうにも聞こえて、私にだけそういうふうに聞こえてしまうんだと思い込もうとしたが、どうしても手のひらに爪が食い込む。

「もしかしたらこれから蒼がここに来るかもしれません。そしたらすぐに連絡してください」

「いいですが、おそらく来ませんよ」

「万一来たら」

晴太が語尾を強く押し込むように言って、しばらく黙った。来ませんように。私がそう願うように、晴太も思ったに違いない。

よろしくお願いします、と晴太は頭を下げた。

「喧嘩でもしてあの子が飛び出したんですか」

「いえ、そういうわけでは」

「では自分の意志でどこかに行ってしまったわけだ」

黒宮は胸ポケットからスマホを取り出して、しばらくの間目を落とす。何かを確認してまたそれをしまった。

「捜しますか。待ちますか」

「待ちながら捜します」

慎司は目を伏せたままふっと息だけで笑ってみせた。

「血相変えて来たわりには悠長なんですね」

「あなたに言われたくない」

です、と尻つぼみに口をついた声は自分のものだった。晴太が、そして慎司が初めて私に気が付いたみたいに視線を上げる。続く言葉が思い当たらず、いつか言わなければと思っていたことが湧き上がってこぼれた。

「蒼に、お金をありがとうございました」

口が勝手に放った言葉の、痺れたその唇の感覚だけを確かめる。

「また、蒼に直接、お礼を言いに行かせます。蒼が来たら教えてください」

「――店は順調ですか？」

「は、い」

「蒼の世話をありがとうございました」

慎司が初めて私に頭を下げた。くやしい、と咄嗟に感じる。お金をありがとうございました私が頭を下げたはずなのに、いつの間にか慎司の方がずっと近くに蒼を引き寄せて礼を言われたようで、奪われた、と感じた。

「ついでのようで恐縮ですが、今後の蒼の進路のことは」

「それはまた、蒼も、蒼と、一緒に、決まったら話しに来ます」

「そろそろ学校でも高校受験の話などが出ているのではないですか」

慎司が引かなかったことに怯んだ。ぱくぱくと口が動くが、言葉が出てこない。代わりに晴太が引き継いだ。

「父さん、蒼とも最近進路のことは話してたんだけど、蒼は」

「まだ決まっていないので」

誰にもわかるほどわざと晴太の言葉を遮った。晴太が唇を噛み、私を見る。

「なにか揉めているのですか？」

慎司だけがゆったりと腰掛けたまま私たちを眺めている。

「……いや、そういうわけじゃなくて」

晴太は言い淀み、意を決したように慎司を見つめた。

「蒼は卒業したらうちを出るそうです」

晴太、と叫んだ。叫んだつもりだった。実際は、短く息を吸う音が出ただけだった。

「全寮制の専門学校に行くことを考えているようです」

「専門」慎司が眉をひそめた。

「分野については蒼もまだ悩んでいるようで」

やめて、と細く声を上げた。晴太にはきちんと聞こえたのか、言葉が途切れた。

「蒼はまだ、うちを出ていったわけじゃない」

足の指に力がこもり、絨毯の長い毛足を摑む。ふるえる息を吐いた。

「蒼がいなくなったって聞いて、立ち、立ち上がりもしないこの人に、何を話すことがあるの」

眼の前に鮮やかな朱肉の色が広がる。蒼が私たちのもとを自分の意志で離れたとき、たとえ黒宮慎司の手が伸びてきても、払い除けたりしないようにと約束した。白い紙に私が黒いペンで名前を書いて、赤い指先を押し付けた。たった一人の男の子を、こんなふうに紙の上で縛ったり縛らなかったりする悲しみが、ふっと風が吹きつけるようによみがえった。

私の大切な蒼。

あの子がいなくても、私たちはきっと居場所を失ったりはしない。晴太が兄で、蒼が弟で、そして何者でもない私。何も変わりはしないのだから。

本当は、蒼が家を出て、遠く離れた学校でなにか学びたいことがあるのなら、そうすればいいと言ってあげたかった。

まばたきをした瞬間、睫毛から涙がはねて落ちるのが見えた。晴太が私の肩に手を伸ばす。触れるだけで、引き寄せたりはしない。

どうして私はあんなふうに、蒼を紙の上で取り合わなければならなかったんだろう。蒼のそばにいたいと思ったあのとき、光るゆりかごを覗き込んだあのとき、私はなにかに強く守られたいと願うと同時に何かを大事に守ってみたいと思ったんじゃなかったっけ。それさえもままならないのはなんでだろうと思うと、抑えようもなく涙がこぼれた。

私の肩に乗る晴太の手が熱い。

「父さんすみません、帰ります」

一拍おいて、我に返ったように「ああ」と慎司は言った。

ふいに晴太のスマホが奇天烈なほど大きな音で鳴り、私と晴太は同時にびくりと体を揺らした。晴太は一瞬私を見つめ、慌ててジーンズのポケットからスマホを引っ張り出す。

「……公衆電話」

期待で息を呑んだ。晴太がスマホを耳に当てる。

「もしもし?」

『あ、おれだけど』

「……蒼」

蒼の声は、直接電話を耳に当てていない私にもよく聞こえた。晴太は鼻で短く息を吸って、きっと怒鳴りたい気持ちを抱き込んで抑えながら、低い声で「どこにいるんだよ」と尋ねた。

『それは言えねー』

「おまっ、ふざけんな！」

『大丈夫だって。ただちょっと行っておきたいところがあって。先に言うとふたりともごちゃごちゃ言うだろ。黙って出てったのはごめん』

蒼、と知らないうちに呼んでいた。割れたガラスのような粉々の声。晴太がこちらを見て、深く息を吐いた。

「一人か」

『んーと、うん、そう』

「いつ帰ってくるんだ」

『一週間後くらい？』

「一週間って、学校があるだろ！」

『でも修学旅行、行ったもんよ』

「は？」

『修学したら行く旅行だろ。だからもう終わったみたいなもんじゃん』

「わけわかんねぇこと言うな！　だいたい」

『あっやべえ、もう行くわ。ヒロにもよろしく』

あおっ、という短い叫びも虚しく、電話は切れたようだった。晴太は苦い顔でスマホを見下ろし、それから私を見た。興奮したせいで、晴太の顔は血色が良くなっている。

「聞こえた？」

頷くと、晴太は改めて慎司の方へ向き直った。

「お騒がせしてすみませんでした。帰ります」

「警察の必要はないようでなによりです」

あと蒼はうちには来たくないとはっきり言いましたよと、思い出したみたいにも言おう言おうとしていたみたいにも聞こえる言い方で、慎司が口にした。私と晴太は同時に顔を上げた。

「少し前にあの子がここへ来たことがあります」

四月の終わりくらいか、五月の連休後だったかな、と言いながら脚の上で指を組んだ。なにそれ、ととっさに気色ばんで前のめりになった私を抑え、晴太が短く問う。

「何をしに」

「私が帰ってきたらここで待っていました。連絡もなかったので驚きましたが、急ぎじゃないから連絡しなくてもいいと家の者に言ったようで。あのときの契約書はまだあるのかと訊くので見せました」

契約書、の響きに赤い感触がよみがえる。蒼がはっきりとその紙の存在を覚えているとは思わなかった。

「読んでもよくわからないようでしたが、自分は将来うちの会社に入ることになるのかということを確認したかったようです」

「なんて言ったんですか、蒼に」

晴太が食い入るように眼の前の男を見つめたまま尋ねる。

「蒼が望むならそうすることもできるかもしれない、と答えました。もちろんそれは蒼に限ったことではなく、就職を望む若者誰もに当てはまることですが」

「蒼は、なんて」

慎司は私を正面から見た。不意に背中が硬くなる。今まで私は、この男からまるで相手にされていなかった。対等に話をされているとはとても思えなかったし、慎司もまたけしてそう思わせなかった。

でも今初めて、私たちは同じ目線に立てている気がした。

「専門学校に行きたいと、そのときも言っていました。それも、料理の」

「蒼がそう話したんですか」

『頼まれても絶対おれはあんたとは働かねぇ』と言われました。いつの間にか随分嫌われている」

慎司はわざとらしく肩をすくめた。

「あと、自分は晴太ほど頭が良くないからどうせいらないんだろう、あんたのために勉強なんてしてやらんとも言っていましたね。だから専門学校に行って、早く稼げるようになるんだと」

目だけで晴太を見る。大きな手がつるりとした頬をさすり、なにか考えている。

蒼の声が、聞いたわけではない二人の会話が遠くに聞こえる。鼻の頭に皺を寄せ、噛み付くように蒼が言い放つ。

――本当は、晴太だったら良かったんだろ。晴太みたいにおれが賢けりゃ、さっさとおれを連れ去りに来たんだろ。冗談じゃねぇ。

言うとおりになどなってやるもんかという蒼の生来の負けん気が目に浮かんだ。

蒼は、ちゃんと向き合っていたのだ。もしかするとずるずると流されるかもしれない自身の将来と、自分を取り囲む環境のいびつさに、きちんと向き合おうとしていた。

そして慎司もまた、それを否定しなかったのだろう。自分の子どもを利用しようとしたことを蒼本人に真正面からなじられても、やっぱりこの男に痛むところなどないのだろうかと思うと、いよいよ薄気味悪く感じられる。

「うちは革新的とは言いがたい会社です」

唐突に慎司がこぼした。

「私よりもっと頭の固い役員たちが私の子どもに伸ばす手を、あの契約書一枚でここまで引き伸ばせたことは幸運だったと思ってもらいたい」

「じゃあ、あのときは蒼のためにあんな契約を結ばせたってことですか」

晴太の言葉にすがるような思いが感じられて、私は目を伏せた。きっと違う。そんな情がこの人にあるのなら、契約なんてしなくても、蒼を守る方法はいくらでもあったはずだ。蒼を守りたいのなら、晴太と私に育てさせたりしなかったはずだ。

案の定慎司は苦く笑い、「結果的にそうなってよかったですが」と言って晴太の顔をくもらせた。

あと、と慎司は私を見た。まともに目が合うと、途端にそらしたくなるのをぐっと堪える。

「『ヒロの家族を知っているか』と聞かれました」

「私の」

晴太の視線を感じるが、思い当たるところがなにもない。

「私は、あなたの家族のことなど何も知りません。そう答えたら、なぜ知らないのかと聞かれました」

うそだ。知らないはずがない。きっと私が蒼や晴太のところに通っていた頃、私のことを調べ上げているに違いなかった。なぜ知らないのか、という蒼の問いになんと答えたのか慎司は言わなかった。私たちもそれ以上聞くことはせず、ただ蒼が知りたがったなにかが不意に指先に触れたような感触だけがあった。

慎司は椅子の背にもたれたまま、「蒼が迷惑をかけますね」と眉を寄せて言った。応えるように晴太がわずかに頭を下げ、私の背中に触れて「帰ろう」と促した。晴太も慎司も私も、もう何も言わなかった。

黒宮家からバイクを停めた駐車場まで歩きながら、蒼はなぜ私たちに行き先を言わないのか、明日以降蒼の学校になんて言えばいいのかをぽつりぽつりと相談したが、かといって打つ手がなく、その八方塞がりっぷりについに晴太が吹き出した。

「どうしようもないな」

もはや言い慣れてしまったその言葉に私も頷く。私の頬には、まだ微かに涙の筋が乾いて張り付いた感覚が残っている。外はやっと薄暗くなってきたがまだ明るい。黒宮家から駐車場までは一本道で、他に人はだれもいない。ちきちきと虫が鳴いている。

「人の気も知らないで」

きっと明日の朝、蒼の学校には晴太が申し訳なさそうな声でしれっと嘘の電話を入れるのだろう。

「でも、連絡があってよかったよ」

私がぽつりと漏らすと、間髪を容れずに晴太は「うん」と言った。そして、私の手をぎゅっと握った。突然のことに驚いて晴太を見上げると、晴太は「ごめん」と口を開いた。

「おれも同じように思ってるよ」

どういうこと、と尋ねるより早く、晴太が足を止めた。ぶん、と羽虫が耳元を通り過ぎる。

「はる」

「おれも、ヒロと、蒼と、三人でずっといたい。ヒロがおれの家に初めて来たときからそうなればいいと思ったんだ。だから父さんに、蒼をくださいって言った」

晴太の唇に、小さな水滴が滑り落ちてきた。

「蒼は捨てられたんじゃない。おれがくださいって言ってもらったんだ。おれがそう言わなきゃ蒼は母方の親戚に引き取られて、普通の家族ができてた。まだ赤ん坊だったから、どこの家に引き取られてもおかしくなかった。でも、おれがほしかったから、もらったんだ」

「どういうこと、よくわかんない」

晴太は言った。家に来た私が、蒼のゆりかごを覗き込んだこと。覗き込んで、とても珍しそうに蒼の名前を呼んだこと。そのときかすかに私の顔が緩んだこと。

「ヒロを引き止めたかった。蒼が本当におれの家族になって同じ家に住んでくれたら、ヒロがまた来てくれると思った」

蒼に会いに来る私を毎日笑って迎え入れた。一緒にごはんの用意をして、蒼の汚した服を洗って、そうだきっと家族はこんなふうだと思った。父も母もいらない。蒼がいれば、ヒロが来てくれる。

慎司に蒼と暮らし続けたいと言った晴太の希望は初め一蹴されたが、何度も何度も訴える晴太に根負けして(晴太は「おれに負い目もあったんだろう」と言った)、蒼はどこにも養子に出されることなく黒宮慎司の子として、黒宮家のなんの役割も負わされることなく、晴太のもとで育てられた。

晴太は空いている手で顔を拭うと、「行こう」と言ってまた歩き始めた。私は今、晴太の手を握り返すのにどれくらい力を込めたらいいのかわからない。

「おれのせいで、蒼にはおれたち以外の家族がいないんだ」

「でも、私だってそうだよ。私だってふたり以外に家族はいないよ。晴太も」

「ちがう、蒼にはできるはずだったんだ。おれがその機会を奪った」

「でも」

「父さんがもう蒼を持て余していること、子どもながらになんとなくわかってたから、もらえるかもしれないと思ったんだ。物みたいに」

そして慎司は実際、晴太に蒼を与えた。育てさせるつもりはなかっただろう。ただ子ども二人を同じ箱で養っている感覚だったのだろう。でも晴太はもらったと思った。くださいと言ったらもらえた弟。

でも、そうだけど、だって、わからない。どうして晴太がそんなふうに、まるで懺悔するみたいに泣いてまで、蒼を手に入れたことを私に謝るの。

「三人でいたかったんだよ。ヒロに、そばにいてほしかったんだ」

うん、と答えることしかできない。胸の底からほとばしろうとする言葉が、喉の奥で渦を巻く。

私もだ。私も晴太と蒼のふたりの中に入りたくて蒼をほしいと思った。ふたりのいるそこがとてつもなく素晴らしい場所に思えた。伸ばした手を摑んでくれない母のところにも、私の国籍取得にだけ協力した父のところにも私は行くことができないから、半ばしがみつくような気持ちで蒼の名前を口にしたのだ。晴太が私をほしいと思ってくれたのと同じように、いやそれ以上に、私の方が晴太と蒼をほしがった。

晴太はそっと私の手を離して、ポケットからバイクのキーを取り出した。駐車場にぽつんと停めた晴太のバイクには、二つのヘルメットがぶら下がっている。その一つを私に差し出して、晴太はキーをバイクに差し込んだ。

晴太の後ろにまたがってその腰に腕を回したとき、ふと晴太は私のずるい考えなんて全部わかっていたのかもしれないと思い当たった。そして私も、きっとどこかで今日晴太に聞いたことをわかっていた。わかっていて、ふたりともあえて口にはしなかった。つなぎ目になった蒼の窮屈さやあるはずだった別の未来や、そういうものに全部蓋をしたことは、蒼を大事に育てることで許されるはずだと祈るような気持ちでいた。

今だってそうだ。昨日から蒼がいなくなって、ちがう、八歳の蒼がいなくなったあのときから、私たちはやっと手に入れたこの場所がゆらぐ恐ろしさを抑えることができなくて、明るい日々を繰り返すことでそれをごまかし、なだめすかしてここまでやってきた。

「行くよ」と言って地面を蹴りかけた晴太を、その服の裾を引っ張って止めた。振り返った晴太を見上げて、これだけは言っておかなければならないと思った。

「晴太が引き止めてくれなくても、私はあの家に居着いたよ。むりやりにでも」

晴太の丸い目が少し大きくなって、それから細くなった。晴太は何を言うでもなく、まっすぐまっすぐ家までの道をひたすら走った。

8

「最近あの子、朝早いの？」

高遠さんは私からだし巻き卵まるまる一本とサラダとごはんとスープの入った袋を受け取りながら、辺りを見渡すようにして言った。

「朝練？　いつも僕とすれ違いで学校行ってたよね」

「蒼、ちょっと体調崩してて」

高遠さんは申し訳なくなるくらい素直な表情で目を見張る。

「そりゃあ大変だね」

「めったに体調崩さないから、たまには休ませてもいいかと思って」

「そうだね、でも看病するヒロちゃんたちも気張りすぎないようにね」

ありがとうございますと答え、レジからお釣りの小銭を取る。意外と淡々としていられるものだと思うも、高遠さんの優しさが嘘をついた胸にちくりと沁みる。

「早く良くなるといいね」

「はい、ありがとうございました」

「ありがとうございましたー」

後ろから晴太が声を重ねると、高遠さんは私たちに会釈して出勤していった。

「風邪か」

新聞に埋もれるように座っている日村さんがぽそりと言う。つっ、と小さくコーヒーを啜る音は小鳥のようで、私はそのしわしわの唇がすぼまるのを可愛いと思う。

「はい、たぶん」

「病院は」

「行きました。二、三日休めば良くなるって。今週いっぱいは学校休ませようと思います」と晴太。そして話を逸らすように大きな音を立ててコーヒー豆を瓶に詰め替えた。

日村さんが帰ったあと洗い物をしていると、裏から出てきた晴太が「なあ、間違えた」と気まずそうな顔で近づいてきた。

「にんじん、間違えて四箱も頼んだ」

暖かくなってきて芽が出てしまうので、にんじんは二箱ずつ買っている。「なんだ、にんじんか」と言って私は泡だらけの手をシンクに戻した。

「どうしようか」

「いいよ、いっぱい使えるメニュー考える。スープにするか、キャロットラペをたくさん作るか」

「優子、ちょっともらってくれないかな」

「あ、いいかもね。電話してみたら」

「うん」

晴太が私用のスマホを置いている二階に上がっていく。靴を脱ぐとき、必ず片方がひっくり返ってしまう脱ぎ方は蒼とそっくりだ。私は彼らをとても良く似た兄弟だと思っていた。笑ったときに膨らむ頬の形とか、意志の強さを感じさせる瞳だとか。彼らは紛うかたなく兄弟なのだ。それは晴太がそうしてくれと頼んだわけではない。やっぱり、あのとき晴太は謝る必要なんてなかった。

しばらくすると首元を掻きながら晴太が降りてきて、「優子、出なかった」と言った。

「珍しいね。買い出しかな」

「かもな。最近忙しそうだし」

蒼と連絡がついたことは、黒宮家から帰ってすぐに知らせてあった。優子は、『そう、よかった』と深いところから息をついた。優子にも少なからぬ心配をかけたのだから、蒼が帰ったらしっかり謝りに行かせると告げて電話を切った。切り際、優子は早口で『また、私からも連絡するから』と言った。ちょうど日の落ちた頃に電話をしてしまったから、もう店を開けていてお客さんが来ていたのかもしれない。

「どうしよう、閉めたあとにでも持って行っちゃおうか」

「じゃあ夕方また電話するよ」

はーあ、と声を出しながら伸びをして、晴太は喉をこちらにのけぞらせた。

蒼が帰ってこなくなり、もう四日が経っている。『大丈夫だ』と言った蒼の電話越しの声を信じて、私たちは何も行動することなく、ただ蒼がいないだけで普段通りに過ごしている。もしもあの声が蒼のものじゃなかったら、もしもいま蒼が引き返すことのできない場所でひとりぼっちだったら。考え始めると、恐怖でふっと視界が暗くなる。

客足が途切れて、私はホーローの容器の中で少なくなってばらついたきんぴらごぼうを整えた。しゃがんで作業をしていたら、ガラスのショーケース越しにスーツに包まれた足が見えて顔を上げた。私より早く、晴太が「こんにちは」と挨拶する。

花井さんはガラス越しに私を見つけて、眉を上げた。

「いらっしゃいませ」

「コーヒーと、あとなんか適当に弁当っぽくしてもらえないか。持ち帰りで」

「珍しいですね、お持ち帰り」

「ちょっと寄ってから仕事出るから、合間に食おうかと」

晴太がコーヒー豆を掬って、ミルに入れた。私も持ち帰り用のパックを手にとって、「苦手なもの、ありませんか」と尋ねる。

「ない。じゃがいもは間に合ったか」

「じゃがいも？」

「こないだの、箱買いしたやつ」

花井さんの通った鼻筋を見つめて記憶を掘り起こす。ふと香ったたばこが、目の前の花井さんのものなのか、あのときの車内のにおいなのかわからなくなる。

「ぶじに。お世話になりました」

「これくらいで？」

「ポテトサラダ入れてくれ」と花井さんが言うので、言われたとおり盛り付けた。

パックの中を見せて花井さんが頷いてから、蓋をした。

「スープはどうされますか」

「顔色がいいな」

「え」

「前にじゃがいもを取りに行ったときより、顔色がいい」

「そう、ですか」

「スープはいい。車の中でこぼしちまう」

お会計を終えて少し待ってもらったのち、花井さんは晴太のコーヒーを受け取って店を出ていく。その間際、花井さんは思い出したように「たまには休みもあった方がいいんじゃないか」と足を止めた。

「こっちの仕事は、休暇はあるが呼び出しがかかったらいつでも出向かなきゃならんから、土日が休みのサラリーマンがときどき羨ましくなる。週休二日の多い少ないはともかく、決まった休みがあるのはいいと思うんだよ」

コーヒーの蓋を開け、その香りを嗅ぐように花井さんが鼻を近づける。

「休み、ですか」前にも、似たようなことをお客さんから言われたのだった。

「本当にバカンスでも行けば、いっぺん。詰まってるもんもほぐれるんじゃないか」

先日、私が車の中で取り乱したように打ち明けたせいでこんなことを言ってくれたのだと気付き、急に恥ずかしくなる。うつむいて、意味もなく笑った。

「そうですね、どこがいいかな」

「さあ。ハワイとか。定番」

「ハワイ……」

思い出した。そういえば、前に花井さんが言っていた。

「『ヒロはいいところだ』って、言ってましたよね」

コーヒーカップから顔を上げた花井さんは「そんなこと言ったか」と首をひねった。

「行かれたことあるんですか」

「ああ、若いときに連れがサーフィンするっていうもんで。面白いんだよ、あそこは。買い物と飯食うくらいしかすることはないけど、日本人が昔大勢住んでた街で」

え、とつい声を上げると、花井さんは一瞬時計に視線を落としてから、カウンター前の椅子に腰を下ろした。

「サトウキビプランテーションって、でかいサトウキビ畑を日本人移民が村を作って耕してたんだ。アメリカンドリームを夢見た田舎の男たちが船に乗って、その男たちの嫁さん候補もあとからどんどんやってきて。『写真花嫁』って言ってな、会ったこともない男女が写真だけで相手を決めて、ハワイで結婚したんだ」

「詳しいですね」

「うちのひいばあさんが広島の出で、よく喋ってた。なりたかったんだとよ、写真花嫁に」

行かなくてよかったたって言ってたけどな、と花井さんは笑った。

「だからハワイには寺も神社もあるし、日系人が多い。ワイキキは日本人観光客が多いから、初心者向けだわな。ヒロはちょっとマイナーかな」

「そう、ですか」

ぐい、とカップの中身を飲み干すと、花井さんは「結局ここで飲んじまった」と言ってカウンターに空のカップを置いて立ち上がった。

「あ、すみません引き止めて」

「いや。そんじゃまた」

ありがとうございましたと言い切るより早く、花井さんは店を出ていった。その後お客さんが入ってこないのをいいことに、私はしばらく呆けたように立ち尽くした。

激しく動悸がしていた。店の入り口であるはずの透明なガラス扉の向こうに、大きな船が見える。たくさんの、野良着のような粗末な着物を着た若い男たちが手を振っている。彼らはハワイに行くのだ。故郷への仕送り、大きな家、美しい妻、満たされた毎日。そういうものを夢見て男たちは船に乗り、見知らぬ地を開拓してヒロという街を作った。私が生まれた街。

「ヒロ、どうした」

晴太が声をひそめながら私の顔を覗き込む。ガラス扉の向こうは見慣れた景色で、車通りが多い。

そのとき、目の前の道路を、見覚えのある車がすっと流れていった。花井さんだ。近くに車を停めていたらしい。店のガラス扉と車の窓をへだてて小さく見えた花井さんと一瞬目があったような気がした。

途端に、あの日車に乗せてもらってじゃがいもを買いに行ったときの続きにまだいて、花井さんが私だけを降ろして去っていったような感覚に囚われた。

このままどこまでも乗っていきたいと思ったあの時間が、さっきまですぐそこにあったような。

すみません、とお客さんが呼ぶ声がする。すかさず晴太が「はい」と答えた。私の様子を窺いながらも、注文を聞きに行く。ランチの注文だけど、と心配そうに眉根を寄せて戻ってきた。

「大丈夫か」

晴太が訊く。

大丈夫。とっさに笑えた。少しずつ鼓動が落ち着いてくる。麻婆豆腐を盛り、自家製のザーサイを添える。広がった花椒の香りに気持ちが静まる。同時に、どうしてこんなにも強く心動かされたのか次第にわかってきた。

無意識に、私は私の中に残るヒロの一部を探していた。生まれた場所の残り香のようなもの。あるはずだと知りたかったのか、ないと確認したかったのかわからない。でもそのどちらか確かめなければならないような足元のおぼつかなさだけが残った。


翌朝、目が覚めて顔を洗ったあと、晴太と蒼の部屋をそっと覗いた。部屋の中は一人分のにおいがした。私は扉を閉めて、音を立てないように階段を降りる。寝間着のまま店に行った。コンクリート打ちっぱなしの店内はひんやりと静かで、業務用の冷蔵庫だけが不機嫌な生き物のように呻(うな)っていた。

ショーケースに灯りをつける。ぱちぱちっと瞬いたあと、白い光がぱあっと足元に広がってなにもないケースの中を明るく照らした。

外はまだ薄暗い。今何時だろうと思ったが、時計を見上げるのが億劫で、そのまま近くにあった椅子に腰を下ろした。店の前に出す小さな看板が、じっとこちらを見ている。それに向かい合うように座って、入り口の方を眺めた。

足音がする。晴太のものかと思うが、違う。耳を澄ます。近づいてくる。店の入り口のシャッターが、がしゃんと揺れた。ぎっ、ぎぎっとひっかかりながら少しずつ上へ昇っていく。シャッターの下から現れた手がガラス扉に鍵を差し、開けた。汚れたスニーカーのつま先が現れて、皺の寄ったジーンズの裾が見えて、その足元にどすんとエナメルバッグが落ちた。

「わっ、びびった」

半分上げたシャッターをくぐって店に入ってきた蒼は、真正面に座る私を見つけて心底びっくりしたように立ち止まった。

「え、なんでばれてんの？　今日帰るって言ったっけ」

落としたバッグを肩に担ぎ直して蒼は言う。振り返って時計を見たら、まだ電車も動いていない時間だった。

「あんたどうやって帰ってきたの」

「タクシー。すげえ高い」

はじめは逆光のせいかと思ったが、心なしか蒼は黒く日に焼けていた。

突然、ずだだだだと激しい足音がして、私のそばを大きな何かが通り過ぎ、瞬くより早く、振り上げられた晴太の腕が目の前にいた蒼を吹き飛ばした。

ばしゃーんとがしゃーんの中間の、とにかく濁音をいっぱいに詰め込んだ風船が爆発するみたいな音が鳴り響き、蒼はその体をシャッターにしたたかにぶつけてからコンクリートの床に転がった。う、と体を丸めて蒼が呻く。

「いってえ」

晴太は肩で息をして、よれたTシャツの裾をぐいと乱暴に整えると言った。

「おかえり」

頬を押さえた蒼は、歪んだ顔を晴太に向けて「くっそ」と短く悪態をついた。

蒼の頬はみるみるうちに漫画のように腫れて赤茶けた色になった。開店してすぐ、二軒隣の書店のおじさんが「明け方、なんかすごい音がしなかったか」と訪ねてきたが、「うちは気付かなかったですね」と晴太が平気な顔で言うので、私はその隣でうんうんと頷いた。

蒼は飛行機で全然寝られなかったからと言って、二階で爆睡している。飛行機に乗って行くようなところに、と思ったけれど、行き先はまだ聞いていない。まるでなんでもなかったみたいに朝が始まって、うちのごたごたとはまったく無関係に今日もお客さんがやってくる。

七時半頃来店した日村さんは、「コーヒー」と注文するより先に、私に向かって「TOYOマート」と近所のスーパーの名前が印字されたレジ袋を差し出した。とっさに受け取って底を手のひらで支えると、ひんやりとした丸みが伝わってくる。中を覗くと、薄黄色の果物が三つ入っていた。

「グレープフルーツ？」

「文旦（ぶんたん）だ」

日村さんはゆっくりと椅子を引き、腰を下ろす。

「冷やすとうまい」

「いただいていいんですか」

日村さんは頷いて、「コーヒー」と呟いた。家へと繋がる扉のノブに袋をかけ、「今夜いただきますね」と日村さんに笑いかける。

「帰ってきたんか」

日村さんは片手を新聞紙の方へ伸ばしながら「あの坊主は帰ってきたんか」と繰り返した。

「――帰ってきました」

「そうか」

日村さんは新聞紙に顔をうずめて文字を目で追い始めた。狐につままれたような気分で、私は晴太に「日村さんが来てくれたよ」と告げた。

「ヒロ、昼飯どうする」

晴太の声に時計を見上げると、いつの間にか十三時を回っていた。店を見渡すとお客さんが一人、二人掛けのテーブルで空になったランチの食器を前にコーヒーを飲んでいる。

「にんじんのサラダとハニーマスタードチキンが残ってるから、パンに挟んだのでいい？」

もちろんと頷く晴太のぶんと自分の昼食を手早く作り、交替で店の裏に行ってそれを食べた。椅子と小さなテーブルはあるものの、私は立ったまま、薄暗い通路に背中をもたせかけてサンドウィッチをかじった。どん、と二階から足音が響いたので、蒼が起きたのだとわかった。

店に戻ると、先に昼食を済ませた晴太がお客さんから会計を預かっているところで、ふたりの声を重ねて「ありがとうございました」と言った。途端にからんと店は静かになった。

「今日どんな感じ？」

お客さんの食器を下げてきた晴太がショーケースを覗き込む。

「ぼちぼち」

「でも今日はアイスコーヒーがたくさん出たよ。少し暑いからかな」

晴太の視線の先を追って外を見やると、コンクリートは強い日差しに白く光って見えた。

「梅雨前が一番……」と晴太が呟く。一番なんなのかと考えていたら、とんとんとんと小気味よい足音が聞こえ、戸が開いて蒼が顔を出した。

「腹減った」

寝間着にしているTシャツとハーフパンツで、髪は寝起きのまま逆立っている。お客さんがいたらどうするんだと晴太がたしなめるのを聞いているような聞いていないような様子でふらふらと店先に出てくると、ショーケースを覗き込んでポテトサラダを指差した。

「これ、食っていい」

「いいよ」

「米ある？」

「パンでいい？　余ってるから」

んー、と返事をして蒼はカウンターの内側に回ってくると、適当な皿を手にとった。食べすぎないでよ、とスプーンを渡し、蒼のパンをトースターに入れた。

蒼は店の隅で、眠たげに草をはむロバのように、ぼうっと外の様子を眺めながらポテトサラダをパンに塗っては食べ、塗っては食べをしていた。ハニーマスタードのチキンも食べる？　と聞いたら一も二もなく頷いたので、温めてテーブルに置いてやると「うまそう」とすぐにかじりついた。

その間に一人、お客さんが遅いランチをテイクアウトしていった。蒼は食べ終わっても席を立つことなく、座って外を見ていた。晴太が「皿」と蒼を小突いたときだけ、蒼はのろのろと立ち上がってカウンターの内側まで食べ終えた皿を持ってきた。私は思わず蒼の額に手を当てた。蒼の丸い目が、くるりとさらに丸くなる。

「なんだよ」

「体調悪いの？」

「や、ぜんぜん」

「あんた、どこに行ってたの」

蒼はじっと私を見つめ返し、やがて「ヒロ」とぽつりと言った。薄い唇の端に、マスタードの粒が付いている。

「ヒロに行ってた」

晴太がこちらを振り向いた。そんで、と蒼が言葉を続ける。

「ヒロの母さんに会ってきたよ」


さらりと肌に触れる冷気に似た静けさの中、蒼は誰もいない通路を荷物受け取り場まで歩いた。そのときのことを蒼は、「なんかいろいろ忘れていくみたいだった」と言った。家のこととか、学校のこととか、日本のこととか。まったくの知らない場所で新しく生まれたみたいだった、と。

まさしく蒼にとってその旅は、きっと蒼にまとわりつく一切合財を振り払うようにして飛び出した瞬間そのものだったのだろう。私は話を聞きながら、卵の殻がつるりと剝けるときのことを連想した。

飛行機は真ん中の四人席の右から二番目の席で、通路側の席に身体の大きな欧米人の男性が乗っており、ちょっと通らせてほしいとなかなか言い出せず、蒼は八時間ほどのフライト中ずっとトイレを我慢していたという。

蒼に受け取る荷物はなかった。修学旅行に持っていったエナメルバッグを手荷物として一つ持っていただけだ。オアフ島から国内線を乗り継いでたどり着いたヒロの空港は小さく、税関検査を抜けたところにはツアー会社の人と思われるアロハシャツの男性が立っているだけだった。蒼を見てぱっと顔を明るくしたものの、一人きりの蒼を見て首を傾げて、また暇そうな顔に戻った。どうも彼が待っていたのはファミリーだったらしい。

「ごめん、勝手に持っていった」

蒼は、私がよつばの家にいたときの生活ノートを持ち出していた。生活ノートとは、入所している子どもの実親の名前や家の住所、これまでよつばの家で過ごした様子や活動の内容などが施設の職員によって記されたものだ。ただそれは私のノートに記されている項目がそうだというだけで、内容は子どもによってさまざまだった。実親の名前も実家の住所も知らない子のノートにそういった項目はない。晴太もこのノートを持っているはずだが、きっと晴太のノートにもそれらの項目はないだろう。

蒼は私のノートに記されていた住所と母親の名前を頼りに、空港からタクシーに乗った。空港での両替とタクシー運転手との意思疎通に手間取って、飛行機が着いたのは昼頃だったのにヒロの街に到着したのは夕方近かった。

宿は決めていなかったので、蒼はまずノートの住所に向かった。幸運にも、住所に書いてあるのと同じ店名の個人商店が見つかった。日本のコンビニみたいなサイズで中は薄暗く、細かいお菓子や土産物がごちゃごちゃと無秩序に並んでいる。レジのカウンターには女性が一人座っていた。暇そうに、頬杖をついて小さなテレビを眺めていたという。蒼が声をかけると、その人はゆっくりと顔を上げた。

「何を聞きたかったとかはなくて」

蒼は私の方にノートを滑らせながら、ダイニングテーブルの木目に視線を落とした。

「どんな人かと思って、見に行くつもりだった。ヒロに似てんのかなとか、ヒロのことなんて呼ぶのかなとか、あと、おれがヒロの弟だって言ったらどんな顔すんのかなって」

「どうだった」と晴太が訊く。

「似てなかった」

太ってたし、と蒼がぽつりと言うので、私は少し笑う。痩せっぽちの私からは想像がつかなかったのかもしれない。

「でも優しかったよ。おれからしたらヒロっつったらヒロのことだけど、向こうからしたら観光客が街の名前連呼してるようにしか思えねーじゃん。だからヒロの写真見せたら、家に泊めてくれて」

「え、ずっとそこに泊まってたの」

「うん、二泊だけど。ごはんとかも普通に出してくれるし、自転車貸してくれて、勝手にその辺ぐるぐる回れたし」

どこも似たような感じだったけど。でも観光客は結構いたな、と蒼は淡々と話す。

「なんか、不思議な……本当にこの人がヒロの母さんなのかって、全然実感わかなくて。そりゃ初めて会うんだし今までヒロの母さんが誰かとかあんまり意識してなかったから当然かもしんないけど、なんか、ウソだろみたいな」

晴太が淹れたコーヒーの湯気が、白いとぐろを巻く。私がカップに口をつけると、蒼も真似するようにコーヒーを飲んだ。熱くて重い液体が、ゆっくりと喉を落ちて胃の壁をなぞる。

蒼は言った。

「ヒロのことはよく覚えてるって。毎日考えるって。元気でいるなら嬉しいって」

「——そう」

目を閉じて、母のことを思い出そうとする。閉じたまぶたの向こう側で、晴太と蒼がじっと私を見ているのがわかる。

私も、母のことはよく覚えている。常に意識の底に沈んでいて、時々浮かび上がってきた。

鍋底の焦げ跡みたいに、洗ったはずのそれがいつまでたっても消えないように、しつこく、こびりついている。

私も、母が元気でいるなら嬉しい。母がそう思ってくれたのと同じように、私もそう思う。それ以外何を思えというのだろう。

「ほかには誰かいたのか」と晴太が訊いた。

「色の黒いばーさんがいた。ヒロのばーちゃんだろ」

「たぶん」

「二人で住んでるみたいだったよ。あと」

蒼は意を決したように喉を動かし、私を見据えた。

「二人とも、ヒロのことをずっとヒロコって呼んでた」

私はコーヒーのにおいに顔をうずめて、うっすらとしたヒロの街の記憶を静かに呼び起こす。

店は常にココナッツミルクのほの甘い香りが漂っていた。土産物もサーファーが買うサーフボードのワックスも、みんな同じココナッツミルクの香料で香り付けられていたからだ。ぐちゃぐちゃになったドル紙幣を真っ直ぐに伸ばしてレジに戻す作業を、カウンターの内側に座る祖母の隣で遊び半分手伝い半分に繰り返していた。近所の家がレンタルボード屋をしていて、これまた遊び半分手伝い半分で返却されたサーフボードにホースで水をかけ洗った。

いつも私の足元は濡れていた。

ヒロコ。「ロ」の音が丸まった発音で母が呼び、私は振り返る。たしかに私はヒロコだった。母は何度も言って聞かせた。父の国では、女の子の後ろには可愛らしい「ガール」が一文字で表されるのだと。

「ヒロコ？」晴太が怪訝そうに眉を寄せる。

蒼はなぜかにやりと口の端を上げた。

「え、本当に？」

晴太がかわるがわる私と蒼を見る。私は久しぶりに耳に触れたその音にしばらく居心地悪くうつむいた。

「――こっちで戸籍を作ったときになにか間違えたみたいで。パスポートはヒロコだったはずなんだけど、母か役所の人が間違えたのか、気付いたらよつばの家では『ヒロ』って呼ばれてて」

初めは愛称のようなものかと思っていた。幼い私にそのニュアンスは伝わりづらかったが、「ヒロ」も「ヒロコ」も音が一音抜けるだけでほとんど変わらないし、手持ちの道具によつばの家のスタッフが書いてくれた名前はやっぱり「ヒロ」だった。ひらがな、そしてカタカナを覚えたのは小学校に上がって半年ほど経ってからで、そのころになってようやく、そうかここで私は「ヒロ」になったのだと把握した。

ヒロ。聞き慣れた街の名は、可愛く丸みを帯びてころんと転がる。そんな音の響きが自分のことを表している。ヒロコだということを、今の今まで忘れかけていた。

「まあヒロでもヒロコでもどっちでもいいんだけど」蒼が言う。

「結構な秘密を隠し持ってたんだな」

「隠してたわけじゃないんだけど」

「でも知れてよかった」

なんでもないことのように蒼は言い、ごそごそと手元のかばんを漁りだす。

「んで、ヒロの母さんたちが毎食作ってくれたり近所の店に連れてってくれたりして、おかげであんまり金使わずに済んだ。ほとんど飛行機代だけ」

後ろめたそうに、蒼は通帳を取り出した。黒宮慎司から送られてくるお金を貯めてあった通帳だ。晴太が確認したところ、百万円が引き出され昨日付けで六十万円以上が戻してあった。

「土産とか買ったところでどうせ怒られるだろうしと思って、何も買ってねーけど」とぼそぼそと蒼は言い、上目遣いで私を見上げた。そのときはっと気付き、

「そうだあんた、パスポートは？　どうしたの」

「そういやそうだ。いつの間に取ったんだよ。おれたちに気付かれないように、一人で全部手続きしてたのか」

晴太が身を乗り出すようにして尋ねると、蒼はきまり悪そうに「あー」と不明瞭な声を出した。

「行こうって決めたのは中三になる前で、決めてすぐに取った」

「だから、どうやって。自分で調べたの？」

「あー、うん」

「金は？　発行するのに金がかかるだろ。自分で出せたのか」

「うん」

明らかに目が泳いでいる。私と晴太は素早く視線を交わし合い、「嘘つくな」と同時に口にした。

「ちゃんと言え」

蒼は初めごにょごにょと「別に簡単だったたし」とか「旅券センターも近かったし」などと言っていたが、私たちの全く信じていない様子に観念したのか「優子に頼んで、付いてきてもらった」と白状した。

「あと金も借りた。そんで、そのお金からちゃんと返した。これは本当」

そう言って目の前の通帳に視線を落とすので、私も釣られて通帳に目をやった。場違いに明るい薄緑色の表紙が照明を反射して光っている。

「あ」と晴太が背筋を伸ばす。

「優子の話したいことってそれか」

同時に私も思い出した。蒼がいなくなって優子と連絡を取ったとき、なぜか妙に慌てていたことや、言いにくそうにしていたこと。

「優子は、あんたがハワイに行ったって知ってたんだ」

「うん。空港にも来てくれて、チェックインも優子がいてくれたからなんとかなった」

気遣わしげに優子が空港職員に話す様子が目に浮かぶ。

――この子、一人で乗るんです。乗り継ぎの仕方など教えてあげてください。どうかよろしくお願いします。

「なんつー迷惑を、お前」

晴太が呆れた様子で大きくため息を吐いた。優子も思い悩んだことだろうと、たやすく想像がついた。真摯に頼む蒼にも応えてやりたいが、私と晴太の心配する気持ちは痛いほどわかる。板挟みの苦しさから、電話にも出られなかったのかもしれない。

「それでまた、なんで」

晴太の視線がこめかみあたりにぶつかり、私に遠慮している気配が感じられた。私が一番聞きたがっていることを代わりに口にしていいか迷っているのだ。

「――なんで私の母を見に行こうと思ったの」

そんな事を考えているなんて微塵も想像していなかった。思えば蒼が専門学校へ行きたいなどと言い出したときから、私は途端にこの子のことがわからなくなったのだった。なんでも知っているようなつもりだったのに。

ふと、この子もそうだったのでは、と気付いて蒼を見つめた。なんでも知っているようなつもりだったのは、蒼もなのではないか。蒼はまるで私の疑問に答えるみたいに、

「おれ、なんにも知らなかった。ヒロがなんで日本に来たのか、どうやって大人になったのか、わかってたつもりで、考えたことなかった」

私が晴太や蒼と暮らし始めたのは、親がおらず施設がいやで、黒宮慎司に家に置いてもらっていたのだと蒼には言ってあった。ハワイ生まれであることを蒼も知っていたが、今まで出自について訊かれたことは一度もなかった。

おおざっぱで、常に外を向いていて、友達の多い蒼が今の生活や私たちのことを正面から尋ねてこないのをいいことに、私は説明を怠った。友達が多いからこそ、周りと比べて我が家を不思議がってもおかしくないのに。もしかするともっと早く、幼い頃からふつふつと小さな疑問を胸に溜めていったのかもしれない。

「ヒロのことが知りたかった。訊いたら教えてくれるのかもしれねーけど、そういうんじゃなくて、自分でどういうもんか確かめてみたかった。おれが死んだ母親のこととか金送ってくる父親のこととかをときどき考えるみたいに、ヒロは考えねーのかなと思ったんだよ。考えねーならなんでだろって思ったんだよ」

ぽたたっと、思い出したみたいに台所の蛇口から水滴が落ちた。

「私は」

ツーと鳴り続ける電子音が、頭の中を一杯に満たす。なんの音だろうと気になるものの、考えはまとまらず、代わりにまた「私は」と言葉が溢れる。

「あそこに六歳までいたの。あんたが会ってきた人たちに育てられて」

うん、と蒼が頷く。

うかされたように私は話す。

「私の父親は日本人で、だから日本に連れてこられたけど、私にも、どうしてそうなったのかちっともわからないの。誰も教えてくれなかったし、私も知ろうとしなかったし。日本に来たとき、本当に、周りの言葉がわからなくて、いろんな生き物がいろんな声で鳴いてるみたいにしか聞こえなくて、でも、晴太が」

晴太だけは聞こえた。私の言葉も、晴太にだけは届いた。そしていつの間にか蒼にも。

「晴太が蒼に会わせてくれたの。あんたがまだ赤ん坊のとき、初めて会った」

言葉が詰まる。喉がひりつき、マグカップを握りしめる。まだ熱いカップが手のひらを焼き、ちりちりと痛む。まだ、どこか遠くからツーと無機質な電子音が耳鳴りのように聞こえてくる。

「うらやましくて、私、あんたたちがものすごくうらやましくて。本当の父親はよつばの家にときどきお金を送ってくれていたけど、それもコソコソした感じで、私はすごく嫌で、だからそういうものが届かない場所に行きたかった。あんたたちの家はすごく広くて、誰もいなくて、ここなら私一人居着いたってたいして変わらないんじゃないかと思って」

小学校を卒業するとき、中学、そして高校を卒業するときも、一瞬かすめた。私、ハワイに帰った方がいいのだろうか。でも、帰ったところできっとここ以上に居場所なんてないだろうという確信じみた予感もあって、同時に、ふたりと暮らすこの場所を手放すなんて絶対にできないと感じた。

よつばの家が父に送った事務連絡の手紙は、「あて所に尋ねあたりません」のはんこが押されて戻ってきたという。そのことを聞いたとき、妙なすがすがしさが私を包んだ。

これでひとりだ。ついにひとりになった。私の胸にぐっと押し込まれた事実を私は喜んで迎え入れた。

不意に気付く。頭の中を満たすこの電子音は、電話が切れたあとの音。

私は父の行き先がわからなくなったとき、唯一知らされていた電話番号がきちんと繋がらなくなっていることを確かめた。これまで自分からは一度もかけたことのなかった番号を押すとき、吐き気がするほど緊張した。黙って居場所を移したのだ、もう繋がるわけがないとわかっていたのに、どこかで、もしかしたら父が電話に出るかもしれない、初めてその声を聞くかもしれないと、構えていた。

案の定機械音声が流れたとき、強張っていた肩から力が抜けた。繋がらないことを確かめたはずなのに、同時に何かがひどく損なわれ、もう戻ってこないようにも感じた。

そのとき耳に沁みた音が脳裏によみがえっているのだ。私にとってそれは、ある種はじまりの合図みたいなものだった。

「おれが言ったんだよ。三人で暮らそうって」

晴太が顔をしかめて言った。

「三人がよかったんだよ」

どこか乱暴にそう言い切って、晴太は突然立ち上がった。椅子の脚が床を叩き、思いのほか大きく響いた。

「もういいだろ。お前、ヒロのことを知ってどうするんだよ。これ以上はおれだって知らないよ。知ってどうしたいんだよ。お前が思うヒロと違ったりしたら、なにか変わんのかよ」

「晴太」

急に声を荒らげた晴太に戸惑い、おろおろとした声がこぼれてしまう。

「おれはヒロが誰だろうとどうでもいい。もちろんヒロだろうがヒロコだろうが、どっちでもいい。三人でここまで暮らしてきたんだ。家だってあるし、蒼が出てったところで帰ってくる場所はここだ。おれだってここ以外に行くところなんてない。家族はふたり以外にはいない。おれがどんなつもりで、あの人を」

ぽろぽろっと水が落ちた。透明の玉が晴太の頬を転がった。

「あの人を、父さんなんて呼んでるか、おれ以外には絶対にわからない」

私は座ったまま、そのうっすら赤らんだ鼻先を見上げた。

知らないことをみずから知りに行った蒼。ぼやけた事実をあえてそのままにした晴太。毎日笑っていたはずなのに。晴太は、その大きくなった身体の内側でずっと私と蒼と、そして自分自身を思ってこんなふうに泣いていたのだ。

「泣くなよ」

蒼が言った。

「ずるいだろ。おれより先に生まれて、三人で暮らすことも自分で決めたくせに。おれより先に生まれただけで、晴太もおれもあの家からほっぽりだされたのは同じじゃん。自分だけ辛いみたいな顔すんな」

蒼はねめつけるみたいに晴太を見上げていた。そんな蒼を正視できず、私は目をそらした。

でも、蒼の言うことは違う。晴太を責めるのはお門違いだ。だって晴太が今までただの一度も不幸な顔をしなかったから、蒼は自分で気がつくまで知らずにいられたのだ。黒宮家の「いらない部分」である自分たちを不幸だと嘆かずにいてくれた晴太のおかげで、私たちはゆっくりと小さな幸福を作ってこられた。三人の、三人だけのための小さな家の中で。

晴太は小さく洟をすすり、律儀にも「ごめん」と謝った。そのまま椅子に沈み込み、また湊をすすり、言う。

「おれたち、誰一人として血が繋がってないけど」

そうだね、と私は頷く。

「でも家族だったじゃん」

晴太ははっきりと言った。そうだね、とまた私は頷く。

「おれはそれ以上も、それ以外にも、もうなんにもいらないんだよ。余分な本当のことはなくていいんだよ。知りたくないいんだ。知るのが怖い」

そのとき、ちかっと真上の照明が明滅した。三人が同時に照明カバーの内側で死んでいる虫の影ごとその光を見上げた。

晴太がこうやって怯えていることを、本当は私は知っていたような気がした。だから私はハワイから時折届くエアメールを晴太に見せなかったし、晴太も黒宮慎司のもとから届く金額を私には知らせなかった。私たちは巧妙に知り過ぎることを避け、バランスを取っていた。

私には、晴太の気持ちがよくわかった。

知ることは怖い。知らない日本は怖かったが、与えられる日本語を覚えていくことはまるで手当たりしだいに言葉を食べていくようで、自分が空腹の怪物になったような気がしてさらに恐ろしかった。

中学で、私のノートを穏便に取り返してくれた晴太が言葉にしない怒りを喉につまらせていることに気付いたが、どうしてそれを言葉にしないのか、私にも私のクラスメイトにもぶつけないのか、わかってしまいそうなことが怖かった。私たちは怯えながらも、知らずにいることが私たちを守るのだと信じていた。

　一方で、蒼の気持ちも理解できた。いや、できるような気がする。

　蒼が家を出ると言った日から私を埋め尽くした「どうして」は、どこにも収まりきらずに溢れ出した。まだ自分で何もできない赤ん坊の蒼を知っているのに、まだ私は蒼のすべてを知らないでいる。この子をもっと知ることができていれば、蒼は出ていくなんて言わなかったのではないかと何度も考えた。私の中に蓄積されたはずの蒼をかき集めて、目を凝らして見つめればわかるはずだと。

　でも、血眼で探したところで、見つからなかった。わからない、の言葉だけがぽつんと残された。

「ヒロがもし、ハワイで大事にされてたのならどうしようかと思った」

　蒼がぽつりと言う。突然、寂しそうな表情を浮かべて。

「大事に？」

「帰りたくなる場所が、ここ以外にあるのはずるいじゃん」

　きまり悪そうに早口でそう言って、蒼はうつむいた。そして続ける。

「ヒロの生まれたところがそういう場所だったらって想像したら、急にヒロが知らない人みたいに思えたんだよ。ヒロのことが知りたくてハワイまで行ったのに、知れば知るほど、知らない人になる気がして」

わかるよ、と不意に口をつきそうになる。

「でもわかんなかった。あそこが、ヒロにとってどういう場所なのか。っていうか、おれはそういうことを知りたくて行ったのかもわかんなくなってきた」

そしたら途端に帰りたくなったのだと蒼はふてくされたように言った。

「おれが行っても仕方ないところだったんだ。あそこがどういう場所なのかは、多分ヒロにしかわかんねーのに」

私ならわかるのかな。

疑問をぶつけるように晴太を見ると、まだ目の縁を赤くした晴太は私を見つめ返した。丸くまっすぐな目。でも何も答えてくれない。

そうか。私のことは結局、私だけが受け入れて引き受けて背負っていくのだ。ハワイで、蒼はそれに気が付いたのだ。

私は蒼のゆりかごを摑んだあの日から、必死で蒼を私の一部にしようとしたけれど、土台無理な話だったのだ。

蒼はこれから自分で、自分を手に入れていくのだから。当然私の一部になるわけがない。もちろん晴太のそれにだってならない。

晴太は知っていたの、と聞きたくなる。私たちが一人ずつの私たちなことを知っていたの、と。

口をつぐんだままの晴太と私を交互に見て、蒼は自分の唇の皮を剝きながら「なんかさ」と言った。

「おれたちはおれたちだけでいすぎる気がする。変だとかそういうんじゃないけど、おれたちは三人以外を知らなすぎる気がするって、前から思ってた」

蒼は晴太によく似た黒い目を私たちに据えて言う。まるで教え諭す大人のように。

「おれはおれのことを知りたい。それからおれたち三人以外のことも知りたい。大人になったときに太刀打ちできるように。そのために、おれはここを出たい」

たちうち。何に、と聞きたくなるが、聞かずとも私はなんとなくわかっている。世間とか、社会とか、私たちを後ろから追い立てる強く大きいなにかだ。それに対抗するためには、まず蒼が私たちから離れなくてはいけない。蒼はそう言っているのだ。いつかまた三人で暮らせるように。

はっとして、私は気付く。思い出し、赤面する。蒼が家を出ると言ったあのとき、うろたえた私の姿に蒼はさらに確信したことだろう。この家を出なければと。三人でいること以外を受け付けない私の頬を叩き、目をこじ開けさせ、変化の先にあるものを見せるために。それが何か今はまだわからなくても、かならず存在することも蒼は知っていた。

「だから、学校は全寮制のところに行きたい。その間、店、手伝えなくて悪いけど」

「それは」

私と晴太の声が重なる。ふっと肩の力が抜け、笑みが洩れた。

「大丈夫」

「お前はたいした戦力じゃない」と晴太も続ける。

「むしろ皿も割れなくなるし」

「つまみ食い分の材料費が浮く」

「な、おれだって多少役に立ってただろ」

蒼が本気で憤慨したように目を剝く。私と晴太はついに吹き出して笑った。同時にこぼれた涙も止まらなくなった。でも、はらはらと落ちる涙がテーブルに滲みていくごとに、私の中の澱は澄んで、体も軽くなっていく。

「料理の学校が良いかなって思ったのは、やっぱりヒロのせいだわ」

上目遣いに、噛み付く子犬のような目で蒼が私を見る。「私のせい」と聞き返すと、少し考え直す間を置いてから、蒼は首を傾げた。

「うちの環境のせいっつーか。いっつも食べ物の匂いがしてるのっていいじゃん。でも、うちでめし作れるのってヒロしかいないし、おれも作れるようになればなんかいい感じだろ」

「ヒロのおかげって言えばいいだろ、最初から」

なに照れてんだよと晴太がつつくと、はあ照れてねえしと蒼がそっぽを向く。

そのやりとりを、小さな箱に入れてしまいたいと思った。箱にしまって、そっととっておきたい。からからと振ったらきれいな音が聞こえるはずだ。

「――専門を出たあとは、もしかしたら、あっちの家に住まわせてもらうかもしれない。ちょっと前にあのおっさんに話つけてきたから」

いつの間にか泣きじゃくる私の呼吸のタイミングを見計らって、蒼が言う。あのおっさんとは、もちろん黒宮慎司のことだろう。蒼は彼を利用するつもりだ。利用されようとした自分自身を武器にして、黒宮家を踏み台に、世間に挑もうとしている。

「そうだね」

蒼が黒宮家のあの巨大な門扉の前に立ち、やがて吸い込まれるように消えていく。その様子を思い描くとみぞおちの奥はひきつるように収縮する。でも私は体の外に出た涙の分だけ軽くなった身体で、頷くことができた。

9

記憶では初めての空港に、恐る恐る足を踏み入れた。よく効いた冷房とどこからともなく聞こえる機械音。飛行機の飛び立つ音。窮屈だった座席から立ち上がることができた喜びだけで、どこまでも歩いていける気がする。蒼が降りて早々飛び込んだというトイレを横目に、私は人の波に乗って乗り継ぎのレーンへと向かった。

蒼は帰ってきた次の日から、何事もなかったように学校へ行った。その日の夕方、担任の川江先生から電話がかかってきて、『黒宮君から行きたい学校の候補を聞きました。おうちでお話はできていますか』と確認された。たしかに私たちは前日の夜、蒼から京都にある料理の専門学校の話を聞いていた。

「聞いています」と伝えると、川江先生の口ぶりがほっとしたように感じられた。

『なにぶん、その学校に進んだ生徒はうちの学校からはいませんので、こちらも知らないことばかりで。でもおうちで十分ご相談されたようですね』

「ご迷惑をおかけします」

『いえ、いい顔をしていますよ』

え？　と聞き返す。

『黒宮君。やりたいことが決まったからでしょうか。精悍（せいかん）な顔つきになりました』

電話を切ったあと、私は掃除のために晴太と蒼の部屋に入った。散らかっていて、布団は寝ていたときに身体が収まっていた場所がすっぽりと口を開けていて、小学生の時から何も変わらないように見える。だけれど、蒼はきちんと成長しているのだ。

私もいつまでもぐずぐずととどまっているべきではない。


ハワイに、ヒロに行こうと思うと告げると、ふたりは同じ表情で「おお」と声を重ねた。

三人で話をした夜、泣きすぎて腫れたまぶたが重くて眠れないまま何度も寝返りを打ちながら、考えた。

私が捕まえなければならない私の一部を、ヒロに残してきているような気がする。蒼がそれを探しに行ったけれど、蒼は「ヒロにしかわかんねー」と言っていた。そのとおりだろう。ずっとふわふわとしたまま、蒼と晴太に寄り添って生きてきた私が一人で立つためには、私の知らない私を見つけなければならない。

花井さんからヒロの話を聞いたとき、風のように吹き付けたヒロという街の残像。私の中のヒロの残り香。それが本物の記憶なのか、本能的な懐かしさなのか、ただの空想なのか、今一度確かめたい。それに加えて、これまで見て見ぬふりをしてきたハワイの記憶とそこにいる母たちへの感情を、清算したかった。

家に一台だけあるパソコンで、航空券のチケットの取り方を確認する。それから寝室に行き、しまい込んでいたエアメールを引っ張り出した。もらいもののバームクーヘンの空き箱に放り込み続けた手紙の束の一番上のものを取り出して日付を確認すると、もう二年半ほど前だった。高校生の頃までは、五通に一度くらいの割合で返事をしていたが、この最後の手紙には返事を書かず、私はそのままこの家に引っ越した。届かなかった手紙はハワイまで送り返されたのだろうか。私はその行方さえ知らない。

ひさしぶりの手紙を書くためにレターセットを探し出すのに手間取ったが、私はなんとか英文の手紙を完成させて海の向こうへと送った。そちらに行こうと思っていることと、蒼の世話をしてくれたお礼を簡単に。ついでのように、私は元気ですとも記した。

やがて返事がきた。まるで手紙のやり取りをずっと続けていたように。住所も筆跡も何もかも昔のままで、手紙の向こうはずっと時間が止まっていたように感じた。

「来てもいいって」

返ってきた手紙の中身を一言でそう言うと、晴太も蒼も「よかったな」と笑った。

思い出して、慌ててパスポートを取得した。できあがったパスポートの証明写真に写る生真面目な顔をまじまじと見て、まるで他人のようだと思った。どこにでもいる、ただの大人の女だった。私はいつの間にかこの国で大人になっていた。

空港までは晴太だけが一緒に来て、見送ってくれた。

「不安そうな顔してる」

言い当てられて、私は押し黙る。ははっと笑って晴太は私の背を軽く叩いた。保安検査場の入り口前は人の往来が激しく、騒がしい。

「行けばなんとかなるよ。蒼でもなんとかなったんだ」

心配なはずなのに、それを露とも見せない晴太の優しさがじんわりと響いた。

今ならわかる。家族の思いは時に息苦しい。その苦しさは、窮屈さと同じくらいの割合で、親密さをはらんでいる。

「そうだね」

言いながら自分を奮い立たせた。

「口癖」

晴太が短く言う。からかうような目で私を見る。

「『そうだね』って、ヒロの口癖。まったくそうは思ってないときのそうだねと、本気でそう思ってるときのそうだねと、おれ、見分けられるよ」

どこかの国の家族連れが、立ち止まって話す私たちの間を邪魔そうにすり抜けていく。

「いまのは、まったくそうは思ってないときの『そうだね』」

晴太はなぜか得意げだ。「そうだね」と苦笑するしかない。

「気をつけてな」

手を振る晴太を何度も振り返る。荷物検査のためにリュックサックを降ろしたとき、もう一度ゲートの向こうを振り返った。人混みの中、晴太はまだ私を見つめている。


ホノルルの空港からヒロ行きの国内線に乗り換えた。ヒロの空港に到着し、飛行機から降りた途端むっと熱気が肌に張り付いたが、通路を通って空港内に入ったら今度は冷房が効きすぎるほど効いていて鳥肌が立つ。

オアフ島の入国審査はものすごく混んでいるようだったが、こちらは閑散としている。夏休み前に観光でやってくる人は少ないのだろう。通路のベンチで、青い制服を着た清掃員が暇そうにスマホをいじっている。窓から差し込む紫外線の強さに目がくらみ、何かを思い出しそうになる。

入国審査、荷物の受け取り、税関を通過して自動扉を通り抜けると、ぐんと天井が高くなる。非制限エリアには青や黄色のアロハシャツを着たツアー会社の人が数人、名前を書いたプレートを掲げて、自分の客を待っていた。その人たちにまぎれて、母はいた。

空港まで私を迎えに来ると手紙に書いていたとおり、ぽつねんと一人でこちらを向いて立っている。膝丈のひらひらとした深緑色のスカートと、白いブラウス。記憶のままの顔立ちが過ぎた年月の分ちゃんと歳をとっていた。まだ私に気が付いていないのか、どこか違う場所を見ている。

どんどん近づいていくが、私は自分が平常心でいることを一歩ずつ確認する。実際、母だ、と認識する以外の余分な気持ちは少しも湧いてこない。やがて母の目が私の姿を捉え、彼女の脳内で像を結んだらしく、薄く唇が開いた。

「ヒロコ?」

母が私の名前を呼ぶ。彼女は私より随分背が低い。

「ヒロコ」

今度は確信を込めた声でそう呟き、よく日に焼けた腕をこちらに伸ばしてきた。何を言うまもなく、抱きしめられる。

「ヒロコ」

しっとりと汗ばんだ太い腕に抱きとめられ、母の髪が顔に触れる。香料と潮風がまざったにおいがする。

母は小さなバンで空港までやってきていた。仕事で使うのか、大小いくつかの段ボール箱が後部座席に転がっている。「散らかってるね」と言おうかと思ったけれど、どんなふうに口を開けばいいのかわからず言い出せない。黙って助手席に乗り込むと、母親は勢いよくアクセルを踏んで飛び出すように走り出した。全開になった窓から風が流れ込む。

「元気？」

「うん」

空港で私を抱きしめたあとに尋ねたことを、母がまた尋ねる。それで、母も何を話せばいいかわからないのだと気付いて幾分気が楽になる。聞き取りやすい英語で、母は続けた。

「痩せてるのね。きちんと食べてる？」

「食べてるよ」

「日に焼けないと白くなるものね」

なんのことかと思ったら、母が私の腕にちょんちょんと指で触れる。

「子どもの頃は真っ黒だった。私みたいに」

「あんまり外に出ないから……でも晴太や蒼よりは黒いよ」

「ああ、アオ。あの子ね」

何を思い出したのか、母はふふっと笑った。車はぐるぐると円を描くようにカーブを続けながら幹線道路に入っていく。窓の景色がすごいスピードで流れていく。

「あなたからの手紙を読んで想像してたのはもっともっと子どもだと思ってたから、大きな子が来てびっくりした。スマートでいい子ね」

スマート？　聞き返しこそしなかったが、蒼の何を見てスマートだと感じたのだろう。たしかに、ヒロではハーフパンツとビーチサンダルという出で立ちじゃないだけで幾分スマートには見えるのかもしれない。

「上手くいってるのね、あの子たちと」

「うん」

そう、と母はまたふふっと笑った。私の顔を確かめて、まるで人見知りの子どものようにはにかむ。

困った。つられて微笑むこともできたのに、咄嗟に目をそらしてしまう。温めるように膝の上で手を握り、ぽつぽつと尋ねる母の質問に答えながらずっと窓の外を見ていた。のっぺらぼうの、道路の灰色の壁を。

あっという間に幹線道路を降りて、同じくらい幅広の道を車はすいすいと進んでいく。ヒロは空港から街までがとても近い。家はヒロの中心部を通り過ぎたところにあるようだった。

「覚えてる？」

母が尋ねる。ノー、と短く答えた。

「あたりまえね。随分変わったから」

「道が広いね」

「車も増えた。コーヒーショップも、洒落た土産物屋も」

うちから歩いて十五分のところにサブウェイだってできた、と肩をすくめるが、それがいいことなのかそうでないのか私には見当がつかない。

「随分観光客も増えたけど、うちのお客はたいして変わらないわね」

「おばあちゃんって……」

「元気よ。ぜんぜん出歩かなくなっちゃったけどね。ヒロコが帰ってくるの、楽しみにしてる」

「私のこと覚えてるの」

「あたりまえよ。アオが持ってきた写真を見て、初めはピンときてないみたいだったけどちゃんと言い聞かせといたから」

母は自信たっぷりにそう言ったけど、それって覚えてることにはならないんじゃないだろうか。

祖母はいくつだろう。きっともう八十を過ぎている。店番をする祖母のかさかさとして血管の浮いた茶色い手だけが、すりきれた写真のような色彩で思い浮かぶ。夕方には祖母と手をつないでビーチを散歩したあいまいな記憶もある。でも、それが記憶なのか空想なのか判断がつかない。

「着いたわ」

砂利が敷かれた狭い駐車場に車は停まった。向かいの道は二車線で、その向こうに歩道があり、さらにその向こうは芝生が広がっている。ビーチサンダルにサングラス、ハーフパンツ一枚の男性がゆらゆらと歩いていく。波の音がした。

「こっち」

母が車のキーをちゃりちゃり鳴らして先導する。その指差した方に目をやっても、ちっとも懐かしい気持ちにはならなかった。コンクリートの壁と、青と少し汚れた白のストライプの屋根。

「こんなんだったっけ……」

つい口をついた日本語に母が振り返る。その口元が「懐かしいでしょう」とでも言いたげで、唐突に悔しくなる。

「壁と屋根は塗り直したの。でも中は変わってないし、水道も古いから通りが悪くて」

ぺたぺたとサンダルを鳴らし、母は店の中に入っていく。中は暗かった。外が明るすぎて、何も見えない。

「お母さん、来たわよ」

母が奥に向かって呼びかける。目を凝らすと、少しずつ自分の近くから視界が馴染んできた。木製の戸棚が壁一面に並んでいて、ごちゃごちゃとした品物は記憶のままだった。人一人がようやくすり抜けられる通路を抜けた突き当たりのレジが、暗がりの中で浮かび上がる。

祖母だ。祖母が座っている。小さくちょんと置かれた焼き物の人形みたいに、木製のカウンターの向こう側で彼女もまたこちらに目を凝らしている。

「おばあちゃん」

空港で母を見つけたときよりも鮮烈に、言葉がこみ上げた。胸を焼くような痛みが急激に広がる。真正面からこちらを見据える祖母は一言も発さずに、眉間に皺を寄せて私を睨んでいる。やっぱり私がわからないのだ。そりゃそうかとも思うが、それにしても祖母はぴくりとも動かない。

「お母さん、ヒロコ。言ったでしょう。ヒロコよ」

祖母の耳に唇を付けて、吹き込むように母が言う。不意に祖母の手が持ち上がって揺れた。一拍置いて手招かれたのだと気付き、慌てて近づく。カウンターを挟んだすぐのところに私が立つと、祖母はゆっくりと腰を上げて私の首に手を伸ばした。

「かがんであげて」母が言う。

腰をかがめると、祖母は私の首に片手を回して引き寄せた。その力が思いがけず強くて、カウンターに手をつく。

ぴたりと頬が触れた。

すー、すー、と呼吸音が聞こえる。

「おばあちゃん?」

乾いた植物のような手のひらが腕に触れた。私の首の後ろを摑む指に力がこもり、カウンターに手をついた私の腕を手のひらが行き来する。

「……悪かった。悪かったね。本当に悪かった」

言葉をすり込むみたいに祖母はそう言った。何度も何度も、頬をつけたまま、私の腕をこすってあたためようとしながら。

「悪かったね。ヒロコ。よく来てくれた。かわいそうに」

かわいそうに、ヒロコ。

途端になにか熱を持った感情がふくれあがって喉をふさいだ。それは吐き気のように私の気管を締めて、視界が狭まる。苦しいのに、もがくことも離れることもできない。

私はどうすることもできず、腰をかがめたまま突っ立っていた。かさかさと腕をこする音が近くから耳に届いていた。


家の中の様子は、さっぱり覚えていなかった。小さな台所で母はお茶を淹れ、冷蔵庫からプラスチックパックに入った白いドーナツを出して私に勧めた。かぶりつくと口の周りが粉砂糖で真っ白になり、隣に座った祖母が私の口元に手を伸ばし、それを払う。

私はまるで幼児だった。祖母にとって私は六歳のままなのだ。一方母は、現実の私の姿を捉えながらも、自分の娘がもう六歳の幼児でないことを必死で理解しようとしているように見えた。

「おいしい?」

「うん。すごく甘いね」

「ここのが一番おいしいのよ。今朝のファーマーズマーケットで買ったの。スーパーのもおいしいけど粉砂糖が湿ってるのよね」

向かいに座る母もドーナツに手を伸ばし、一口でかぶりつく。白い粉がふわっと散るが、手も唇もあっという間に舐め取ってきれいに食べている。祖母はドーナツに手を伸ばすことなく、飽きずに私がテーブルにこぼした粉砂糖を払っている。

「今夜は外で食べましょう。車で少し行ったところにおいしいシーフードレストランがあるから」

壁時計に目をやると、もう十六時を過ぎていた。いまドーナツを食べたせいもあるが、とても夕飯の時間に食事ができる気はしなかった。

「少し疲れてるから、今日の夕飯はパスしてもいい? 二人は外に出てもいいから」

「お腹が痛いのかい」

祖母が私の顔を覗き込む。慌てて首を振り、笑ってみせた。

「時差ボケで疲れてるだけ。今日ゆっくり寝たら平気だと思う」

「なにか作っておこうか」

「大丈夫、お腹が空いたら日本から持ってきた食べ物が少しあるから」

ありがとう、と告げて立ち上がった。荷物を運んだときに案内された寝室に引き上げると、知らず詰めていた息が勝手に漏れた。

これじゃ本当に、帰省だ。

自分が何を期待して、思い描いていたのかわからなくなった。手紙の感触から、拒絶されることはないと思っていた。こんなふうに歓待されることも想像していた。でも、どうしてもぬぐえない不自然さがある。私たちって、こんなふうでいいんだっけとでもいうような。

部屋は四畳半ほどの広さで、小さな出窓がついていた。物置にされていたのか隅にプラケースや段ボールが積んであったが、きれいに掃除されていた。ベッドは見下ろすと小さく見えたけれど腰を下ろしてみると十分身体が収まるサイズだ。新しいものじゃない。きっと、私はここで寝ていたのだ。木製のヘッドボードにはチューリップが彫られていた。触れてなぞるとひんやりと冷たく、時間が戻らないことを強く感じる。

まだスーツケースも開けていない。大して中身はないけれど、着替えを出さなければ。そう思うのに、くたびれた身体を一度ベッドに横たえたら途端に眠気の波がやってきて、あっという間にそれに搦め捕られるようにしてそのまま眠りに落ちていた。


翌朝は母に起こされた。

「一度見に来たらよく寝てたから起こさなかったけれど、あれからずっと寝てたの？　寒くなかった？　シャワーを使いなさい、こっちに来てから一度も浴びていないでしょ」

早口で他にもなにか言われたが、寝すぎたせいかぼんやりとした頭でなんとなく読み取ったのはそんなところだった。

タオルを借りてバスルームに向かう。中は広かった。部屋の隅に小さな便器があり、その横にバスタブとシャワー。清潔そうで、こざっぱりと乾いている。タイルの床が足裏を冷やし、次第に目が覚めてきた。バスルームとは思えないほど大きな窓があり、そこからさんさんと陽が差し込んでいる。くもりガラスのせいで日差しは幾分丸くなっているが、外は晴天であることがよくわかる。

フライト時間を含めると二日近くお風呂に入っていないせいで、もつれた髪と脂っぽい顔を洗うと視界が広くなった。バスルームの外から、母と祖母が話す声が聞こえる。時計を見たら七時だった。

今日はヒロの街を歩こうと決めていた。決めておかないと、何をしてもいいのだという途方もなさに押しつぶされそうになる。帰国は明日で、まる一日自由があるのは今日しかない。

ダイニングに行くと、母と祖母が並んでキッチンに立っていた。二人の厚みのある背中がそっくりで、一瞬どっちがどっちかわからなかった。

私に気付いた母が「おはよう。朝ごはん食べるでしょ」と振り返って言い、すぐに手元に視線を落とす。祖母は一心不乱に洗い物をしていた。

「なにか手伝うことある？」

「じゃあパンを温めて」

テーブルにはロールパンと、ベーグルが詰まったビニール袋が置かれていた。あたりを見渡すと、使い古された様子の赤いトースターがあった。錆びた取っ手を引くが、パンはどう頑張っても二つしか載りそうにない。仕方なくロールパンを二つ載せて、ツマミを黒のマーカーで印がつけられている時間に合わせてタイマーを回した。じりじりと音を立てながら回っていくツマミを眺めていると、不意に後ろを通った母がトースターを覗き込み「日が暮れるわよ」と言ってねじこむようにパンをもう一つトースターに入れた。オレンジ色の光がパンの影で遮られ、見るからにパンは苦しそうに縮こまっている。焼き上がったパンは縮こまった形のまま出てきたが、それなりにきれいな焼き色がついていた。

ちぎったレタスとプチトマト、焼けたパンを載せたプレートがテーブルに並ぶと、まず祖母が席につき、唐突にもそりとパンにかぶりついた。母も、「コーヒー飲むでしょう」と私のカップにコーヒーを注いですぐさま自分もパンに手を伸ばす。いただきますの一呼吸がないことに面くらったが、私も黙ってフォークを手にとった。

「九時には店を開けなきゃいけないけど、どこか行きたいところある？　午後になれば店番はお母さんに任せられるから、車出すわよ」

「ううん、この辺を少し歩いてみたいから」

ベーグルはみっちりと生地が詰まっていた。焼いたおかげで少し柔らかくなったそれを手で引きちぎって口に運ぶ。隣で母が食べるロールパンの、バターの香りが濃く漂う。

「午後はお客さんが減るの？」

「午前中はサーファーがたくさん来るからね。もう何人か入ってるはずよ」

「海は近い？」

母が食べる手を止めて顔を上げた。濃い睫毛に縁取られた目が私を見つめる。

「……近いわよ。一つ向こうの大通りを越えたらビーチよ」

なにか必要なものがあったら言って。いつの間にか朝食を終えた母は立ち上がり、皿とカップを持って台所へ向かった。

プチトマトのへたを取り、口に含む。生あたたかい。


家を出るとき、「海に行くならこれを履いていきなさい」と言われ、ビーチサンダルを借りた。昨日は気付かなかったけれど、コンクリートの地面は砂混じりで、聞こえてくる波の音も随分近い。たしかに、海はこのすぐ向こうにあるようだ。

九時を過ぎると家の前の道は交通量が増えた。何台かの車はサーフボードを載せていたが、それらは朝のサーフィンを終えて帰る途中のようだった。

街は家から歩いて十五分ほどと聞いていたので、大通りに出て海沿いの道をひたすら歩いていく。暑さはそれほどでもないのに日差しは次第に刺すようにきつくなり、日本で買っておいたサングラスを掛けた。ランニングする男性が荒い呼吸で私を追い越していき、その瞬間つんと香水の香りがした。

ヒロの街はまだどこも開店前で、シャッターの閉じた通りが続いていた。本屋で立ち読みをして買わなかったガイドブック、そのどれもに載っていた交差点とその角の建物が目の前に現れ、しばらくじっと見上げる。自転車が軽快に私の背後を通り過ぎていった。「随分変わった」らしい街の風景を眺めながら、ゆっくりと歩く。ときおり開店準備をする店の人が歩道に出て、暑そうに汗を拭っていた。日本人が好みそうな雑貨屋がいくつかあった。日本に同じ店があっても買わないだろうに、ここでは無性に魅力的に見える石鹸（せっけん）やヘアブラシがショーウィンドウ越しに見えた。

何かを探しているような気もしたし、旅先でのただの散歩だと言ってしまえばそのような気もした。ただもしも探しているものが見つかったとしても、私自身が気付けないような予感もあった。

知っている景色、におい、色、味。一瞬記憶をかすめたような気がしても、あっという間に遠ざかってしまうもどかしさを、昨日からずっと何度も繰り返している。そのうち、どんどん信じられなくなってきた。知っていると思ったこれは、実は初めて見るんじゃないか。食べたことのない味、と思ったそれを私は幾度となく口にしていたのではないか。六月のこの暑さも、肌は覚えているのだろうか。染み付いた色素がまた浮かび上がって、私は母のように黒くなるのだろうか。

　一度角を曲がり、同じような店の並びが続く通りを歩きながら、ここで暮らしている自分を想像した。この島で学校に通い、友達を作り、何かを学び、大人になることが私にできただろうか。アルバイトをして、仕事を探し、もしかしたら母の店を手伝って、古くさい土産物屋の文句を言いながら品出しをして、父はいないけれど祖母と母と三人でほどほどに明るくゆるやかな生活を送る。その想像は容易かった。まるでそういう生活をしている友達を知っているみたいに思い描くことができた。

　ふとコーヒーの香りを吸い込んだ気がして足を止めた。シャッターの降りた店が並ぶ中、一つだけ開いている店がある。背の高いテーブルと椅子が狭いスペースに二組だけあり、その横のレジカウンターは通りの方を向いている。コーヒースタンドのようだ。

「おはよう」

　突然かけられた声にすばやく顔を向けた。ゴールデンレトリーバーのような柔らかな金髪がこちらに笑いかけている。青いデニム生地のエプロンを着けた男性が、メニューを記した小さな黒板をカウンターに設置しているところだった。この店も開店したばかりのようだが、すでに甘く焦げた香りを漂わせている。男性のそばには湯気の立つマグカップが置いてあった。

「日本人?」

頷くと、途端に子どものような笑みを広げて「コンチワ」と言った。

「ハワイは初めて?」

数秒迷って首を横に振る。おや、というように太い眉が動いた。

「ヒロに来たことは?」

子どもの頃、と言うと男性は急に両手を広げて「おかえり!」と大げさに言ってみせた。

「一人? コーヒー飲んでく?」

「じゃあ……アイスコーヒー」

「ホットの方がうまいんだけどなあ」

「喉が渇いてて」

「水あげるよ」

私の返事も聞かず、男性は背を向けてホットコーヒーに取り掛かり始めてしまった。仕方なく店の奥に入り、椅子に腰掛ける。コンクリート打ちっぱなしの空間は涼しく、火照った二の腕が冷えていく。サングラスを外して店の外に目をやる。気が引けるほどの晴天だ。

「どうぞ」

深い青色のマグカップに黒々としたコーヒーがたっぷりと、それに茶色の紙コップに満たされた水が私の前に置かれる。コーヒーからは、知らない香りがした。思わず顔を上げると、

「コナコーヒー。ハワイの有名なコーヒーだよ。知らない？」

頷いてから口をつけた。甘く濃厚な香りに、ほうと息が漏れる。

「お土産に日本人はよく買っていくよ」

男性はカウンターの内側に戻りながら、店先に置いてある土産用のコーヒーのパックを指差した。真っ赤なフィルムに黄色いライオンが載ったパッケージに見覚えがあった。晴太に買って帰ろうか。

地元客らしい中年女性が男性に声をかけて、紙コップでコーヒーを受け取っている。そのやり取りを眺めながら熱いコーヒーをすすった。歩いているときにどろりと滞留していた思考が、頭の中全体に伸びて広がっていく。

飲みやすい温度になってきたコーヒーにまた口をつけて、しばらく通りを眺める。カラフルなスニーカーやサンダルの足元がいくつも行き過ぎる。一方通行のように全員が不思議と同じ方向に歩いていく。

頭に浮かんだ言葉をこねて形を整える作業は、子どもの頃に日本で何度も繰り返した。ひきだしの中から言葉を選び、あらを削ってあるべき姿に整えたら、口から放つ前におかしなところがないか確認して、ようやく発声する。その頃にはとっくに言うべきタイミングは失われていて、行き場のない言葉だけが舌の先に後味悪く残る。そのときの苦さを、私は今でもまざまざと思い出すことができる。吐き出すことのできない苦さを舌の先で転がして、顔をしかめて飲み下す。それは初めて飲んだコーヒーの味に似ていた。

「ヒロにはいつまでいる予定？」

店の男性がマグカップに口をつけたまま、視線だけを私に向けて言った。

「明日の昼まで」

「オアフには行かないの？　それとももう行った？」

「ううん、行かない」

「変わってるね。まあ最近はそういう旅行客も増えたか」

私は曖昧に首を傾げ、手元のコーヒーに目を落とす。

「ヒロはどう？」

顔を上げると、ほどけた笑顔がこちらを見ているので戸惑った。

「どう……いいところだね」

「どんなふうに？」

「ええと、海はきれいで、観光客も多すぎないし、通りには可愛いお店がたくさんあって
……今日は天気もいいし」

「それはラッキーレディだからだよ」

え、と言い淀むと、「ほら」と男性は店の外を指差してみせた。

「ヒロはほとんど曇りか雨ばかりだ。今朝の晴天に出会えたのは、君がラッキーだから」

男性が指差した店の外の空を覗き込むと、雲が増えて暗くなっていた。

「傘持ってないのに」と思わず呟くと、「濡れたら海に入ってしまえばいい」と男性が言う。

そこで三人の女性がカウンターにやってきて、男性はまたにこやかな表情を浮かべて立ち上がった。客は日本人のようだ。そのうちの一人が店内を物珍しそうに見渡して、私と目が合った。お互いがほとんど同時に視線を逸らす。

ふと、私はどう見えただろうと気にかかる。日本人に見えただろうか。それとも現地の人、または一人旅の外国人？　今すぐ鏡を見て確かめたくなる。自分の顔を、姿かたちを、ひと目で「私はこうだ」と言えるなにかであることを確かめたい。

マグカップの中を飲み干したとき、レジで会計を終えたさっきの女性客たちが元気な小鳥のように店内に入ってきた。入れ替わろうと立ち上がってレジに向かう。

「ごめんなさい、お会計先だったんだね」

「払ってくれるならいつでもいいよ。おいしかった？　お土産は？」

「おいしかった。お土産は少し考える」

マーケットの方がきっと安い、と習い性になったけちくささが顔を出した。男性はちっとも気にした素振りを見せず、朗らかに笑った。

「オッケー、よかったらまた明日も来て」

お釣りを受け取って一度通りに出たが、思いついてまた一歩店の方に戻る。

「あの」

ん？　と男性が軽く首を傾げた。

「私、日本人に見えた？」

「イカニモ」

考えるまもなく男性は日本語でそう言って、にっかりと笑った。一度使ってみたかったんだと言わんばかりの笑顔で。


歩き始めてすぐに、湿った風が吹いていることに気付いた。変わりやすいと言っても、さっきまであんなに晴れていたのに。傘を取りに一度家の方まで戻ろうと、来た道を引き返す。しかし歩き始めて五分もしないうちに鼻先に最初の一滴が当たり、とたんに細かい雨粒がぱらぱらと降り始めた。うわ、と足を早めるが、すれ違う人たちは一向に気にしたふうもなく降り始めた雨の中変わらないスピードで歩き続けている。もしかしてすぐにやむような雨なんだろうかと思い、しばらく歩き続けてみるが、やむどころか大きくなった雨粒はぷつぷつと身体に当たり続け、あっという間にびしょぬれになった。

あまりの変わりように目を見張りつつ、もう急いでも一緒だと諦めて家までの道のりを大きな歩幅で歩いた。

朝ひたすら歩いてきた大通りまで戻ると、左手にビーチが見えた。その向こうの、薄暗い青で揺れているのが海だ。ぽつぽつと黒い点が浮いているのはサーファーだろう。朝見かけたときよりも数は少ないが、雨を気にしたふうもなくぷかぷかと浮かんでいる。波に揺さぶられながら、彼らは一様に同じ方向を見ていた。灰色に塗りつぶされた不穏な空から何かが降りてくるのを待っているようだ。

さらに行くと、堤防が途切れてアルミの階段が下へと続いていて、ビーチへ降りることができるようだった。髪は頭に張り付き、肌についた雨粒は冷たいが寒くはなかった。不意に風が吹いて、その風圧に背中を押されるように階段を降りていく。湿った砂がすぐに足の指の間に入り込んだ。

濃い海のにおい。

日本の港町のような磯のにおいでも、日焼け止めローションの香料でも、サーフボードのワックスのあのココナッツの香りでもない。まじりけのない新鮮な海のにおいが真正面から顔にぶち当たった。目を細め、そのにおいの濃い方へと近づいていく。

知っている。私は確かにこのにおいも、音も、空気の色も知っていた。思い出すのではない。母が、祖母が、当たり前のようにこの海のそばで暮らす毎日の積み重ねの中に、かつて私も存在した。そのかすかな名残(なごり)が今も私の中に息づいていて、海の空気に触れてふと目を覚ました。

濡れた髪から滴る水が鎖骨をたどって胸の方へと落ちていく。雨を吸ったTシャツが腕に張り付き、緩やかに皮膚を締め上げる。

拒めるものなら拒みたかった。こんな場所は知らない、覚えていない。六歳の記憶なども う忘れてしまった。私を作り上げたのは日本で生きて大人になった私自身で、母が懐かしむ のは勝手だけれど、私が懐かしむものはここには一つもないのだと。

だけど私の五感が、全身を使ってこの場所を知っていると叫んでいる。ハワイ訛の英語が 溶けるように耳に馴染み、私の口からも、無意識に流れ出す。

認めてしまえば否応なく記憶が手元に引き寄せられる。母に手を引かれ、飛行機に乗った こと。冷たく乾いた冬の日本の風になぶられ、痛いほど私の顔が赤らんだこと。そんな私に かまうことなく一点を見つめて見知らぬ日本を歩く母の肩を見上げたこと。初めて入ったよ つばの家で嗅いだ、埃と食べ物がまざったようなたくさんの人の生活のにおい。

異国に一人置いていかれたにもかかわらず、大人たちが訝しむほど物わかりよく、泣きも わめきもしなかったのは、ただ恐ろしかったからだ。泣いたらすべて現実になる。母に捨て られたという現実を受け入れた上で泣くことなど、とてもできなかった。

どうして。

波の音の間をくぐって声が届いた。振り返ると、堤防から海を覗き込むように上体を持ち 上げた母がこちらに手を振って、戻ってこいと親指で家を指し示す。傘をささない彼女の顔 にも髪が張り付いていた。

返事もせず、まっすぐに彼女を見つめた。光の射さない灰色の空の下、数十メートル離れた母の表情ははっきりと見てとれない。母からも私の顔はよく見えていないだろう。頷きもしない私に大きく手を振ってもう一度家を指差すと、母は踵を返して姿を消した。

どうして私を置いていったの、なんて訊きたくはなかった。

どうしてそんなことができたの、と訊きたかったのだ、ずっと。


「すぐやむわよ。午後は買い物に行くけど、一緒に行く?」

行かない、と答えると母はあてが外れたような鼻白んだ表情をした。濡れそぼった私にタオルを渡してくれる。

「じゃあ、何するの。どこか行くの」

コンロにかかった大きな鍋からはもくもくと湯気が立ち上る。換気扇が大きな音を立てて回っているが、湯気はそんなものはお構いなしにゆらゆら広がって天井のあたりで薄く消えていく。母は、鍋の中のパスタを大きなトングで混ぜながら、隣のコンロでソースを炒める手も止めない。忙しく動く背中をぼんやりと眺めていたら、「もう一度海に行く」と勝手に口からこぼれ出た。母は振り返り、そう、と短く言った。

「おばあちゃんを呼んできて」

「どこにいるの?」

「店よ。あっちの扉から店の裏に続いてるから」

母が指差した古い引き戸はどこか見覚えがあった。その戸を引くと、思ったよりも近くに祖母の背中が見えた。店のカウンターのすぐ裏に繋がっていたようだ。

「おばあちゃん」

祖母の背中がわずかに動く。手元で書きものでもしているのか、小さく丸まった背中に声は届いたはずなのに、返事がない。

「おばあちゃん、お昼の準備ができたって」

背中に近づきそっと手のひらを乗せた。麻のシャツ越しに祖母の体温が手のひらに広がる。祖母はゆっくりと顔を上げた。

「ああ」

母によく似た、濃い睫毛に縁取られた大きな目が私を捉えた。声は返事のようにも、私の存在に驚いたようにも聞こえた。

「おばあちゃん」その目を見つめ返し、もう一度呼ぶ。

「ヒロコ」祖母も答えた。

「今行くよ」

祖母は手元に広げていた古いノート数冊の角を、とんとんと整えた。

母が茹でたパスタは柔らかく、ソースによく絡んだ。口に含むとにちゃりとひとまとまりの味になったが、不思議とおいしい。斜め前でゆっくりと口元を動かす祖母を見て、彼女のための茹で時間なのだと思い当たる。

「雨くらいならいいけど、雷が鳴ったらすぐにビーチから上がるのよ。サーファーたちが帰り始めたら従った方がいいわ」

「わかった」

「夕飯は七時ね」

「なにか手伝った方がいい?」

あっという間にパスタを平らげた母は顔を上げた。目尻の皺が柔らかく緩み、日に焼けたこめかみに深く線を刻んでいた。

「手伝ってくれるの?　じゃあ六時には戻ってきてちょうだい」

オーケーと答え、溶けたようにうずくまるパスタをほとんどフォークで掬うようにして食べた。

午後の海では、サーファーの数が減って、代わりに観光客が波打ち際を歩く姿が目についた。雨はやんでいて、分厚い雲の隙間から差した陽の光が揺れながら海面に落ちてくる。その様子を堤防の端に座って眺めていた。

雨に濡れた地面が乾いて立ちのぼるはずの湿気は、強い潮風に飛ばされるのか、日本の夏のように不快に肌にまとわりつかない。強い紫外線に照らされた海辺の植物が濃い色を放つ。

たばこの吸殻がときどき申し訳なさそうに落ちていて、花井さんを思い出した。最後に会ったのはまだ蒼が帰ってこない頃だった。

あの人を見ると強く「大人」を感じた。私がそうなりたいと思った大人の姿だ。あの人の言葉を受け取ると、憧れと焦りが同時にやってきて私を追い立てる。それなのに、花井さんはいつもゆるく私を肯定する。涼やかに笑う花井さんの目元は私の胸に隙間を作った。そして、そこが空いているじゃないかと簡単に言う。だからどうしていいのかわからなくなる。

頭の真上にいたはずの太陽が、ぐっと海の方に近づいていた。ビーチサンダルからはみ出た裸足の指が堤防のコンクリートに触れるとちりりと焼ける。ぬるい風が通り前髪を吹き上げた。

こんなにも無為な時間を過ごしたのはいつぶりだろう。五時には起きて、仕込みを始めて、蒼の弁当を作り、店を開けたらあっという間に閉店の時間だ。掃除をして、夕飯の準備に明日の下ごしらえ。一息つけるのは夕飯のときくらいだろうか。誰にせかされるわけでもないのに、私はずっと一人で急いでいる。

思えば、ここには晴太も蒼もいない。私が急いでいたのは、ふたりをつなぎとめるためだ。三人の家を成り立たせなければ、早く大人にならなければ、ふたりと一緒に暮らし続けることはできない。

でも、結局つなぎとめることなんてできなかった。

胸の中で呟くと、当たり前の事実が体の奥へ落ちていって小さな音を立てた。

蒼が家を出ていく。何も変わらずにいられるはずがなかった。少しずつ形を変えていることから目を背けて、忙しいふりをしていた。本当はどこかでわかっていた。晴太だっていつか誰かと結婚し、別の家族を作るだろう。想像は容易い。容易いから怖い。

「そんなことばっかり」

今度は胸の中にとどまらず、口からこぼれた。

全部、「本当はこうなんでしょう」というなまなましい現実が遠くの方に見えていて、あらがいようもなくそちらの方向に向かっていくしかない。でも、まるで自分の足で懸命に道を作り、進む方向を考えてやっとのことでここまで来たみたいな顔で、はじめから見えていた場所にたどりつく。

「そんなことばっかりじゃん」

背後を通りかかったランナーが振り返るのが見えた。力強い足音が遠ざかり、波の音がまた大きく聞こえる。

甘く私に期待する母の顔だってそうだ。私がここに戻れば、母は許されたと思うだろう。許してほしいと言われたことは一度もないけれど、どこか卑屈にも読める手紙を送り続けた母といつしか受け取るだけで返事をしなくなった私の間には、ある程度の形を持った「謝罪」と「許し」が必要だったのだろう。ヒロへやってきた私を穏やかに迎え、抱きしめた母の行為が「謝罪」であり、抱きしめられることが「許し」だった。私がそうだと認めなくても、もう、そういう事になってしまった。そうなるだろうと、わかっていた。

——帰りたい。

脚をちぢこめ、膝の間にもぐるように小さくなる。頭のてっぺんに日差しの刺激を感じて、さらに逃げるように強く脚を抱きしめる。

晴太と蒼に会いたかった。ふたりに会って「きちんと私だよね」と確かめたかった。ここにいると私の境目が曖昧になる。ずるりと溶け出した部分が母の境界とまじりあって、どこまでが自分かわからなくなる。こんな感覚は初めてだった。

私は一人の私でありたい。ひらめいたような心地で顔を上げた。

誰のものでも、誰のための私でもない。ハワイでも日本でも、晴太や蒼がいてもいなくても、けして揺るがない私でありたい。それができなかったから苦しかった。小学校も、中学校も高校も、黒宮慎司の前でも、私は胸を張って立っていなかったから、びくびくと卑屈に目の前を見上げていたから苦しかったのだ。晴太や蒼の不在に怯えたのだ。ふたりをつなぎとめようとすることばかりにやっきになるのではなくて、私は私を受け入れて見つめるべきだった、もっと早くに。

ビーチに立つ小柄な人影が、手を振っている。子どもだ。日に焼けて、手足が長く全体のシルエットも細長い。あたりを見渡しても、その子どもに手を振り返している人は見当たらなかった。柔らかく腕が振られるのを眺めながら、ああ私に手を振っているのかと気がついた。胸の前で手を振ると、子どもはひときわ大きく手を振って、やがて頭まで動かして全身をぶるんぶるんと震わせるように飛び跳ねた。手がおいでおいでをするように空中をかき混ぜる。

私は手を振り続けた。立ち上がることはせず、その子の影が逆光に黒く飲み込まれていくのを静かに見つめながら、見知らぬ子どもに手を振り続けた。

家に戻ると、母は私の顔を見て苦笑した。

「随分焼けたね。いまどきの子なのに、日焼け止めも塗らなかったの？」

言われてみれば鼻先がひりひりと熱い。よく冷やして、ローションを塗りなさいと乳白色のボトルを手渡された。顔を洗ってからローションを手に乗せると、とろりとした液体が思ったよりもたくさん出た。すべて顔に塗り込めたら両生類みたいに粘膜で覆われて溺れそうになった。

「夕飯はなににするの？」

「そうだね、おばあちゃんと二人だと同じようなメニューの繰り返しになっちゃうんだけど、せっかくヒロコが帰ってきたんだから少しは華やかな物がいいかと思って、買い物に行ったのよ」

母が指差すので冷蔵庫を開くと、ぎっしりと肉と野菜が詰まっていた。とたんに私は思い出す。店の巨大な冷蔵庫の中に詰まった新鮮な卵、牛乳。数キロの肉に魚。それらを見つめて、冷蔵庫が警告音を鳴らすまでメニューを考えていた毎日のこと。

「私、作ろうか」

長い髪を振り回すようにしながら一つに束ねていた母が、手を頭に上げたまま振り返った。

「私、お惣菜屋をやってるの」

母は髪から手を放すと一瞬冷蔵庫を見て、また私に視線を戻す。なぜか泣く前みたいに眉をひそめたが泣くことはなかった。

「知ってるよ。アオに聞いたから」

ヒロコのごはんはおいしいんだろう。母はざぶざぶと手を洗い、調理台の前を素通りして私を手招いた。緑のパントリーを太い指が示す。

「ここにパスタとか、缶詰が入ってる。冷蔵庫の中のものは何を使ってもいいけれど、おばあちゃんには柔らかくて食べやすいものにしてやって」

「食べられないものは？」

「気にしなくていいよ」

それは苦手なものがないということだろうか。私が訝しんだのに気付いただろうが、母は肩をすくめて「じゃあ任せるから」と言ってキッチンを出ていった。

時計を見上げる。まだ十七時を少し過ぎたところだった。朝五時から七時までの間に店に並べる惣菜を完成させていたのだ。三人分の料理などわけない。冷蔵庫の中をかき分けて卵を発見する。パントリーから見慣れないラベルのビネガーを取り出した。調理台には大きな塩と胡椒のボトル。まずはマヨネーズを作るところからだ。

柔らかく炊いたイカと見慣れない形の大根（カブよりも小さくホースラディッシュよりは大きい）の煮物、ほうれん草と卵の炒めもの、そしてハニーマスタードチキンとポテトサラダ。チキンは下味を付けてふっくらと蒸し焼きにして、簡単に裂いたあともう一度ソースに絡めて食べやすくした。ポテトサラダは、見たこともないほど大きなマッシャーを使ったら四つのじゃがいもが一瞬で潰れた。

一通りの料理が仕上がった。十八時半。随分と長く煮物を煮込み、チキンも蒸したり裂いたりと一手間をかけたのでいつもより時間がかかった。鍋から立ち上る穏やかな湯気が鼻先を濡らし、胸にしっとりと汗をかいていた。足先が心地よくだるい。日本のメーカーの炊飯器が、ごはんの炊きあがりを聞き慣れないメロディで知らせた。

リビングには母と祖母がそろっていた。声をかける直前、何故か母は緊張した面持ちでテレビを見つめていたので何が映っているのかと思ったら、ＣＭが移り変わりしているだけで彼女の目には入っていないようだった。祖母は手元のキルトに視線を落として針仕事をしていた。その姿に鈍い頭痛のような既視感を覚える。

「できたよ」

母がはっと振り返った。笑顔を作って、「いいにおいがしてきたから、お腹が減ったわ」と立ち上がった。

祖母が私の作った料理を口に運ぶのを、息を詰めて見守った。「△」はオフィス街と下町らしさの残る住宅街のちょうど中間にある。買っていくのは若い社会人か忙しい主婦なので、祖母のような歳の人にも食べやすいものを意識して作ったのは初めてだった。

母の毎日を想像した。歯の存在を見失うような柔らかな食べ物を毎日作って食べて、ああそれはもしかすると子育て中の食事作りに似ているのかもしれないと唐突に思い当たる。私を育てた短い日々のことを、母は料理をしながら思い出すことはあったのだろうか。

「おいしいよ、ヒロコ」

母が次々と料理にフォークを伸ばしては大げさに褒めたてる。祖母の耳に口を寄せて、「ヒロコが作ってくれたのよ、全部」と言い聞かせている。祖母はほうれん草を口に運んでもごもごと咀嚼して、白いごはんに手を伸ばす。

「おいしいでしょう」

母が尋ねる。祖母は顔を上げ、私に微笑む。

「おいしいよ。ヒロコ、ありがとう」

よかった。そう言ってにっこり笑う仕草がすぐに出てこなかった。

「おいしい?」と訊くのは苦手だった。はいといいえで答えられる質問なのに、「おいしい」の答えを強要しているみたいに感じられるからだ。私が訊かない代わりに、晴太は戸惑いなくお客さんに尋ねた。「おいしかった?」と、「おいしかった」の答えを信じて疑わないかのように。

惣菜を選ぶお客さんの傍らで朝ごはんを食べる蒼は、私がいくら叱ってもお客さんの選択に口を挟みたがった。「それおれも食った。うめーよ」とか、「野菜ばっか買うんだな。肉とか魚とかいらねぇの?」とか、信じられない無礼さで突然声をかけるのに、一瞬驚いた顔をしても誰一人として気分を害したふうなお客さんはいなかった。

母が煮物を不思議そうに眺めたあと口に含んで、言う。

「店は繁盛してるの」

「まあまあ。食べていける程度には」

「どれくらい経つの、始めてから」

「まだ一年。借金はないから、なんとかなってる」

黒宮慎司からの資金、名目上蒼の養育費としてまとまって渡されたお金で私たちは店の機材や設備を整えた。そのことを母に説明するのは、ひどく億劫に感じられた。

「マヨネーズ、作ったの?」

「うん、買うよりおいしいから」

母と祖母が同時にポテトサラダを口に含む。ぽってりとした頬がまったく同じ動きで上下する。

晴太と蒼みたいだ。

不意にそう思ったら頬を水が滑って、母が驚いた顔でこちらを見た。

「ヒロコ？」

汗かと思ったそれは涙だった。それも、溢れた容量を垂れ流すみたいなとめどなさで、次々と頬を伝った。

「どうしたの、ヒロコ」

母が手を伸ばす。私の頬に触れ、まるで手のひらで涙を吸い取ろうとするかのように顔を丸く包む。私は箸を置き、その手をそっと押しやった。母の手が宙で止まる。

「期待しないで」

嗚咽に飲まれることなく、はっきりと音にした。母はお気に入りの食器にひび割れを見つけたように一瞬顔を歪めて、すぐに口元を引き締めた。想像通りの甘えた期待があったことが、その口元に表れた気がした。

「私が娘みたいで嬉しい？　ずっと三人で暮らしてきたみたいだった？　こうやって、これからも私がごはんを作って、ここで暮らせばいいって、そう思った？」

食卓に大きな粒が落ちた。濡れて、揺れて、広がる。

「なかったことにしないで。私、ちゃんと悲しかった」

ゆるすとか、ゆるさないとか、そういうことはもうどうでもいい。ただ、なかったことにしないでほしい。

あのとき母には私が見えていなかった。透き通った私の向こう側、いると思い込んでいた父の姿だけを見ていた。だから私を日本に置いていけたのだ。私の姿と母が信じた父の姿が重なって混ざり合い、私が感じた悲しみはこの人には届かなかった。もちろん、父にも。

あのとき確かに損なわれた私を、私はずっと大事にできなかった。母には透き通って見えた私の身体は私にも透き通っているように感じられ、声も言葉もぜんぶ通り抜けていった。おかげで知らない言葉がぶつけられる痛みも薄い代わり、私の中に大切な言葉が残ることもほとんどなかった。

聞き取ることのできない日本語は風のようにとらえどころがなく、そんな私から発せられる言葉も確かな形にはならなかった。曖昧な笑みで理解も不理解もやりすごしてしまう日本の教師やクラスメイトたちと意思を通わせ合うことはとんでもない徒労に感じられ、やがて諦めた。

それでもかろうじて引っかかったのが晴太だ。あの暑い秋晴れの運動場で、私に笑いかけた晴太だけが私を通り抜けなかった。晴太が、蒼が、私の代わりに私を大事にしてくれたから、こうしてハワイまで来ることができた。

それをこんなふうに曖昧な笑顔で上塗りして、この生活が真実のような顔をされることが、どうしても耐えられなかった。

「ヒロコ」

母の視線が私の顔とテーブルに落ちた涙、そしていくつもの料理の上をさまよう。

「ちがう」短く言い切った。

「私はもうヒロコじゃない」

私は橘ヒロだ。

橘は父の姓で、ヒロは私の名。胸を張ってヒロコではないと言える。

私はこの名前を手にしたときから確かに日本人となったのだ。もしかしたら初めは不確かだったのかもしれない。晴太と蒼と過ごした日々によって、遡って私という骨格を手に入れた。

祖母がおもむろに顔を上げ、私を捉える。母は唇をわななかせていた。

「ヒロコ、私はあのとき、あなたは日本にいた方が」

「リサ」

祖母が母の名を呼んだ。祖母はフォークを握りしめたまま、そっと目を閉じた。

「言い訳はしない。これ以上見苦しい母親になったらいけない」

祖母はきっぱりとそう言うと、思い出したように口を動かして咀嚼を再開した。私たちは息を詰めてその動きを見つめる。

　母がぽつりと言った。

「ヒロコが帰ってきたのを喜んでもいけない？」

「一度手放したのはあんただ」

　祖母がぴしゃりと答えた。

「あんたが喜ぶことがヒロコの重荷なら、喜んだらいけない。期待するなと言われたら、期待しちゃいけない。まだ母親でありたいと思うなら、それくらいしてやりな」

　母が呻いた。泣くかと思ったが母は泣かなかった。涙が通った頬がひりひりと痛む。

「おかあさん」

　母が私を振り返る。祖母はポテトサラダの大きなひとかたまりをフォークで持ち上げた。

「明日日本に帰ったら、私はもうここには来ないかもしれない。でも、おかあさんも、おばあちゃんも、元気でいてほしい。二人も私のこと、そうやって思ってて」

　そうだ、それを言うために、私はハワイまで来たのだ。

「それ以上、私にはなにもできないよ」

　うつむいた母がどんな顔をしているのかは、わからなかった。また一筋、頬に理由のわからない涙が流れたがそれが最後で、祖母がカチャカチャと食器を鳴らす音だけが耳に届いた。

余ったポテトサラダにラップを掛け、冷蔵庫の黄色い光の中に閉じ込められるのを切ない気持ちで見送る。冷蔵庫の黄色い光は苦手だ。だから、店のショーケースの光は眩しいくらい白い照明にした。

「洗おうか」

声のした方を振り返ると、祖母が腕まくりをしながらのんびりとダイニングテーブルを回ってくる。

「いいよ、私やるから」

「リサは、自分の子と同じくらい自分が好きな子だから。ヒロコの方が先に大人になったんだろうね」

シンクの前に立った祖母が蛇口をひねると勢いよく水が飛び出し、その強い水流のまま彼女は皿を洗い始める。私にはかなり低いそのキッチンは、祖母が立つととたんに収まりが良く見える。

「……おかあさんは？」

「ふて寝だよ。昔からそうなんだ、あの子は。怒ったり泣いたり、気に食わないことがあるとだいたい部屋に閉じこもる。そのくせお腹が空いたら出てくるんだから、扱いやすいもんだよ」

私が息を漏らして笑うと、祖母は顔を上げて目を細めた。

「随分背が伸びたね」

眩しいものを見つけたように、祖母は私の顔を見上げた。

「私も、リサも小さいのにさ。あの日本人はひょろひょろと高かったからね」

「……知ってるの？」

「知ってるさ」

祖母はそれ以上言わなかった。ざばざばと、大量の水が洗剤の泡を押し流していく。

祖母が洗った皿をかごに置いたので、布巾を手に取り濡れた食器を拭いていく。

三人分の大皿を拭き終わったところで祖母が口を開いた。

「訊きたいことがあるならいくらでも訊いたらいい。訊きたくなければ私からは何も言わない。無理してここに来なくたっていい。でも、来たくなったならいつでも来たらいい」

不意にこちらを向いた小さな顔が、にゅっと唇を反り返らせて歯を見せた。祖母は笑っていた。

「ま、そのときには私は死んでるかもしれないけどね、あの子は変わらずここにいるだろうからさ」

「おばあちゃん」

呼んだものの、何を言っていいかわからなかった。悲しい話をしているのではないとわかっていた。

「おばあちゃん、私、怒ってたわけじゃない」

「わかってるよ」

かわいいヒロコ。私の、かわいい。

うたうようにそう言って、祖母は服の裾で濡れた手を拭った。ぽんと楽器を鳴らすように私の腰を軽くたたいて、「ああおいしかった。あんた先にシャワーを使いなさい」

そう言ってまたダイニングテーブルを回って、祖母の部屋がある奥へと歩いていく。

濡れたシンクを見つめたまま、しばらく立ち尽くしていた。ひたひたと足元に温かい水が溜まるような奇妙な感触をしばらく味わってから、そっとエプロンの紐をほどいた。


スーツケースの蓋を閉めたとき、窓の外から大きな話し声が聞こえてきた。通りすがりのサーファーや近所の人の挨拶じゃなくて誰かがやってきたのだということは、車のトランクが開く音が聞こえたのでわかった。

ここへ来たときと同じくらい軽いままのスーツケースを押してリビングへ行くと、母がキッチンの小窓から外の様子を窺っていた。昨夜、結局一度も部屋から出てこなかった母は、それでも今朝は一生懸命に何でもなかったふりをして朝食を作っていた。

「おはよう、ヒロコ。今日は空港まで送るから」と言って母はぎこちなく笑った。

数センチ開いたカーテンの隙間から曇り空が覗いていたが、車の様子は見えなかった。母にとっても不意の来客のようだ。

「ヒロコの友達?」

「え?」

「日本人じゃない?」

驚いて駆け寄り、母と同じ窓から外の様子を覗く。黄色いタクシーから降りた女性の後ろ姿が見えた。細い背中の真ん中を、束ねた髪がまっすぐぶら下がって揺れている。

「優子!」

私が叫ぶと、母が窓の外と私を交互に見て「ユウコ」とまねるように口にした。

「え、なん」

足元をもたつかせながら玄関を回って表へ飛び出した。

「優子!」

「ああ、ヒロ」

振り返った優子はまるで待ち合わせどおりだとでもいうように私を見て微笑んだ。

「え、なに、なんで」

言葉をつまらせる私に、優子はいたずらをばらすときの顔をする。

「迎えに来た。今日帰る日でしょう」

「うん、え? でも、迎え? 私の?」

「そう」

「なんで……っていうか、そのためだけに来たの？　本当に？」

「うん」

優子は空を見上げ、大きく呼吸した。すこやかな彼女の白い喉が映える。

「きもちのいいところね。ヒロがずっといたくなったら晴太も蒼ちゃんも困るし」

土をこする音がして、私と優子は同時に振り返った。母がどことなく不安げな顔をして玄関扉の前に立っている。

優子が腰を折り、深々と一礼した。母は所在なさそうにその姿を見ていたが、やがて真似するように首だけを曲げて頭を下げた。

頭を上げた優子は私を見上げ、言う。

「そういえば久しぶりね。日焼けしちゃって」


数箇所がささくれたダイニングテーブルを四人で囲うと窮屈で、でもそれは距離の近さや空間の狭さというより、母の緊張が空気を張り詰めさせているからのような気がした。

「昔ヒロちゃんの近所に住んでいました、友人の田所優子です。彼女と一緒に帰ろうと思って迎えに来ました。さ、訳して。ヒロ」

はきはきと日本語で挨拶をした優子は、潔いほど英語を話せなかった。私が彼女の言葉を母と祖母に伝えると、母はおずおずと「遠いところまで、わざわざどうも」というようなことを言った。

「なんて？」

優子が私を肘でつつく。

「えー、長い時間大変だったね、みたいな」

「飛行機の中はずっと眠ってたから平気です。さ、ヒロ」

促されるまま仕方なく優子の言葉を英語に訳す。私と同様に、未だ状況を把握しきれていない母は、返事に窮したように口をもごもごさせた。

「ヒロ、帰りの飛行機は昼過ぎなんでしょう。あんまりゆっくりしていられないのよね。帰りの準備は済んでるの？」

「うん、一応」

「二人にお土産は？」

「空港でなにか食べ物買って帰ろうかなって」

「結局食べ物が一番よね、二人には」

母が淹れたコーヒーを両手で包むように口元に運んで、優子は視線を上げた。母の肩がぴしりと固まる。

「お母さん、私、彼女のことを妹のように思っています。彼女と一緒に暮らす男の子たちも、彼女のことを本当の姉や妹のように慕って、三人でしっかりと暮らしています。すごく頑張っているんです」

優子が言葉を切って私を見た。私はテーブルを見つめたまま、優子の言葉を思い出し、英語に訳して声に乗せる。すごく頑張っているんです。

「彼女と離れて暮らすのは、さぞ不安に思われることかと思います」

母は食い入るように優子を見つめていた。逆に祖母はすうっと目を閉じて、むぐむぐと口元を動かした。

「ずっと彼女のそばについていますとお約束はできませんが」

優子は微笑み、かばんから小さな紙切れを取り出して母に渡した。

「私の連絡先です。彼女の家から少し離れていますけど、私も小料理屋をしています。なにか気にかかることがあれば、いつでもご連絡ください」

母が名刺のような紙に視線を落とした。優子の言葉を最後まで訳し終え、優子を、そして母を見る。

顔を上げた母の目に、何かに強く焦がれる子どものような羨望（せんぼう）のかけらが見えた。不意に、どうしてこうも母が緊張しているのか思い当たる。

蒼が言っていた。「帰りたくなる場所が、ここ以外にあるのはずるいじゃん」と。

ずるいと思ったのだ、母は、私をずるいと思った。同時に妬くような思いも抱いたのではないだろうか。蒼は妬いたはずだ。親しげに私を「ヒロコ」と呼ぶ母や祖母に抱いたその気持ちを、蒼は窮屈な胸に押し込めてきて私に差し出してくれた。

優子。このために来てくれたんだね。

「ヒロは、私と一緒に帰ります。どうぞお二人とも、お元気で」

知らず詰めていた息を吐き出す。

大丈夫だ。私はきっとどこにでも行ける。

「帰ろうか」

「――うん」


優子と私をまとめて空港まで送ってくれた母が最後に手渡してくれたのは、紙袋に入ったパンケーキミックスだった。黄色いパッケージには虹が描かれていた。

「おいしいのよ、それ。お昼に焼こうと思ってた」

じゃあね、元気でね、お店がんばるのよ。そう言ってぎゅっと私を抱きしめたあと、母は隣に立つ優子の両手を包んで持ち上げて、額をつけて祈るようにその手を握った。優子は「うん、うん」と頷いてその手を握り返していた。

ホノルルにある国際空港の出発ロビーで「パンケーキミックスって」と呟くと、優子はふふと笑みを溢した。

「食べさせたかったのね、どうしても」

巨大な飛行機が目の前の大きなガラス窓の向こうをゆったりと泳ぐように移動する。きっととんでもない熱と音を発しているはずなのに、ガラス一枚隔てただけでまるで静かな深海の生き物のようだ。

「蒼ちゃんのチケット買ったの私なの」

優子が飛行機を目で追いながら言った。「蒼に聞いたよ」と笑うと、盗み見るようにこちらを見て、「ごめんなさい」とうなだれた。

「蒼が無理言ったんでしょ。こっちこそごめん」

「最初に晴太から連絡をもらったときは、本当に蒼ちゃんの行き先なんて知らなかったのよ、だから驚いて。でも私から電話をかけたとき、本当はもう一緒に空港にいて」

「それも聞いた」

「あなたたちの心配は手にとるようにわかるから、こんなのいやだって言ったんだけど、そしたら蒼ちゃんが『それなら家には自分で連絡しておくから』って」

「だからあの日、蒼がちゃんと電話してきたんだ。優子のおかげだったんだ」

「蒼ちゃんを見送ったとき、どうしてついて行かなかったんだろうってすごく後悔した。嫌がられてもひっついていけばよかったって。私は大人なのに、どうして一人で行かせたんだろうって」

「ごめん、本当に迷惑かけて」

優子はすかさず首を横に振った。

「蒼ちゃんが心配だったたっていうより、あなたたちの気持ちの方がわかったから。蒼ちゃんを一人で行かせて、二人がどんなに心配するか、想像するだけで胸が潰れそうだった。申し訳なくて、合わす顔がなかったの」

それにしたって、今度はこんなところまで私の迎えのためだけにやってくるなんて。あまりに突拍子もない。

優子は私の心の声に答えるように口を開いた。

「晴太に聞いたの。ヒロがどうして二人と暮らしてたのか。ハワイにお母さんがいることも」

そういえば優子には、自分のことをほとんど話していなかった。すぐに、今まで訊かずにいてくれたのだと気付いた。

「あなたたちが初めて私の店に来たときのこと、覚えてる？」

唐突な質問に面食らいながら、うんと答える。

「たしか蒼がぐずってて、優子がなだめて、ごはんを食べさせてくれた」

すべてに対していやだと泣き叫ぶ蒼と、そんな蒼を引きずりながら蒼よりも泣きたい気持ちで歩いていた私を呼び止めて、優子は店に招いてくれた。

――お腹すいてるんじゃない？　ちょっと食べていったら。

「私は事故で両親を亡くしたあと、一人で店を開けてすぐの頃で、お客さんでもない人が食事をするのを見るのは久しぶりだった。おいしそうに蒼ちゃんが食べてて、それをヒロが心配そうに見てた」

確か食べさせてもらったのは、炊きたてのごはんと、ポテトサラダ。

「あなたたちが心を砕いて蒼ちゃんを育てているのを見てると、何度も自分の親のことを思い出した。私もこうしてもらったとか、逆にこうしてあげたかったとか。あなたたちの世話を焼いていると、いなくなった両親の辿った道をなぞるような気持ちになって、寂しさがまぎれた」

とつとつと語る優子の顔をじっと見る。優子は自分の手を見つめていたが、ふと顔を上げて私を見た。

「私は突然家族を失ったけれど、あなたはそれよりもっと前に失ってた。それもすごく幼い頃に。今になってまたお母さんに会いに行くと聞いて、もしかしたらそれってヒロにとって苦しいことなんじゃないかと思って。ヒロにはもう、晴太や蒼ちゃんがいるから」

失って、埋めたはずの部分を掘り返す。私がえぐられる痛みを優子は感じ取った。

「晴太たちがいないところであなたがつらい思いをしてるところを思い浮かべたらじっとしていられなくて、でも晴太は、『ヒロは大丈夫』としか言わないし。罪滅ぼしになんてならないけど、晴太が行かないなら私が迎えに行こうって。私はヒロの身内でもなんでもないけど、少しでも早く、私がヒロのそばにいたかった」

優子。

なんと言ったらいいかわからず、その肩に額を押し付けた。なんて強い身体だろう。この身一つで自分の店を守るだけでやっとだったにちがいない。彼女の大切な両親の思い出に赤の他人である私たちを重ねて与えてくれた優しさを、今まで私たちは受け取るだけで彼女の思いに気付きもしなかった。それなのに、ずっと私たちのことを見捨てずにいてくれた。細くて小さい、この人が私の手に食べものを作る力を与えた。

優子の薄い手のひらがそっと私の背に乗って、しばらくじっとしていた。

「晴太も蒼ちゃんも、ヒロの帰りをずっと待ってる。一日目からそわそわして」

「ふたりのごはんとか、用意してくれてたんでしょ。ありがとう」

「うん、でも蒼ちゃんが作ったりしてた」

「うそ」

「本当。たくさんじゃがいもを茹でて、熱い熱いって言いながら皮を剝いて」

「ポテトサラダ？」

「そう、ほかにもたくさん。お店ではもちろん晴太のコーヒーだけ出してたみたいだけど、日村のおじいちゃんに食べさせて『まずい』って怒られてた」

なんてこと。私が笑うと、優子の身体も揺れた。

キーンと高く細い音が糸のように耳のそばを横切った。頭を預けたまま顔をガラス窓に向ける。いくつもの飛行機が行き交う滑走路のさらにその向こうで、別の機体が上昇していく。

「上手になるわ、あの子も」

「うん」

「ヒロが教えるのよ、いつか」

「そうだね」

優しい言葉は甘味(かんみ)のように身体に沁みた。それが嘘でも本当になろうとも、どちらでもよかった。

大きな機体が柔らかに飛び立つ音を聞きながら、そのときを静かに思い浮かべていた。

10

芳間（ほうま）高校はどう、と蒼に切り出すと、蒼は面倒くさそうに「えぇー」とテレビから目を離さず声を上げた。その声を背中で聞きながら、茹で上がったパスタをフライパンに投入して強めにかき混ぜると、にんにくの香りがゆるやかに巻き上がる。もうパスタを作るときに焦ることはない。先にソースを仕上げておいて、パスタが茹で上がったらまた火を入れればいいのだ。最近は少しずつ同時進行の作業もできるようになってきた。まだ、具材の少ないペペロンチーノくらいしかできないが。

「どこそれ。てか、もう京都の学校でおれの心決まりかけてんだけど」

もはや考えることが億劫になっているのだろう。蒼のものぐさに対する苛立ちを、フライパンの中を強くかき混ぜることで発散する。代わりに晴太が「高校？　専門じゃなくて？」と尋ねた。

晴太は、私がハワイから帰国すると、たった数日にもかかわらず目に見えて痩せていた。どうやら、蒼のおかずを食べて中（あた）ったらしい。それを日村さんにも食べさせたと言うから肝を冷やした。幸い日村さんは大丈夫だったようだが、私からも謝っておいた。不運な晴太には多めに具を盛ってやる。

今日は日曜日で、店は休みだ。日村さんや、花井さんにも勧められた定休日を私たちは日曜日に決めた。決めてから今日で二回目の休みがやってきた。朝から所在ない感じは残るが、部活を引退した蒼がずっとソファから動かなかったり、凝り性の晴太が高価な焙煎機を導入しようかパソコンを睨んで唸っていたりする。その中に私も溶け込んでしまえば、休日というのは意外と居心地が悪くない。そしてなぜか、何もしていないのにすごくお腹が空く。

「うん、高校。希望者は入寮できる」

芳間高校は隣県にありながら、鄙(ひな)びた里山に位置する高校で、うちからは車で三時間以上、電車だと乗り継ぎも含め三時間半はかかるだろう。普通科に加えて製菓コースと調理師コースを擁(よう)し、調理師コースの生徒たちでレストランも運営する。調理師コースに入学しても、一年生では通常科目も普通の高校生のように勉強し、二、三年生でみっちり調理の実習をこなすカリキュラムになっている。卒業生は改めて調理の専門学校に進むか、四年制大学で栄養学や経営学を学ぶ子もいれば、料亭やレストランに就職することもでき、選択肢が幅広い。

そう説明すると、徐々に興味を持ったのか単純に昼食が完成したことに気付いたのか、蒼が私と晴太が話すテーブルに近づいてきてパンフレットを手にとった。

「ヒロ、詳しいな。帰ってきてから調べたのか」

「あのね。私も同じ道辿ってるから。高校を選ぶとき、専門学校に行こうか悩んで調べたの」

結局晴太に倣い、普通の公立高校を受験して普通科に進学したけれど、その後専門学校に進んだとき、高校の調理師コースを出てきた同期との知識や技術の差に愕然とした。

蒼はきっと、寮のある学校で専門知識が学べる進路は高専か専門学校しかないと思いこんでいる。いざ本腰を入れて蒼の進路を私が考えてみれば、なんのことはなかった。晴太よりも蒼よりも、私が一番知っているに決まっているのだ。

「芳間は立地が悪すぎたから私は選択肢にも入れなかったけど、卒業後の進路や卒業生の就職先からしても、この地域ではかなりいい専門コースのある高校って言われてるよ」

「ふーん」

いたっきます、と呟くやいなやパスタを口に詰め込んで、蒼はパンフレットを捲る手を止めない。

「京都の専門学校は、たしかに卒業後の進路として京都の料亭への就職口が融通されやすいっていうのがかなり利点だと思う。でも、専門コースのある高校を出れば、その後の進路も広がりやすいし」

「よっぽど蒼が調理師に向いてなければ、普通科に転向できるしな」

晴太の言葉に「けっ」とでも言うべき視線を払って、蒼は油でてらてら光る唇のまま「受験か」と言葉を落とした。

「そう。問題はそこ」

受験まであと半年。調理師コースとはいえ、基礎的な五科目の試験がある。偏差値はちょうど現在の蒼のラインあたりだが、だからこそ気を抜けない。

蒼は「くそ、もう勉強しなくていいと思ったのに」と、案の定これ以上勉強する気がなかった本音を漏らした。

「まだ学期末テストがあるでしょ。あんまりひどいと受験の前に卒業させてもらえるかわからないんだからね」

「中学なんだから卒業できるに決まってんだろ」

さかしらな顔でハンと鼻を鳴らすと、蒼は「卒業までに優子のところで修業しとこうかと思ったのに」とぼやくので目を剥いた。

「やめてよね、これ以上優子に迷惑かけるのは」

「練習したいならヒロに教えてもらえばいいだろ。うちだって料理屋なんだから」と晴太も加勢する。

優しい優子は、蒼が「教えてくれ」などと言って店に乗り込んできたら、言われたとおり手伝いをさせかねない。手伝いになんてなるわけがないのに。

「優子は怒らないからな、ヒロと違って」と蒼は飄々(ひょうひょう)と言ってのけた。確かに、蒼が修業だ練習だと言ってうちの台所や店の調理場をうろちょろし始めたら、私はずっとキリキリ怒っていなければならないだろう。遠慮がないぶん蒼も言い返し、喧嘩になるに決まっている。

「でも、頭もそこそこ使えなきゃ店主として務まんないからな」と晴太が言う。

「高校に進んでちゃんと勉強もした方が蒼にとってはいいかもな」

「高校に行ってからやっぱりもっと勉強したいと思えば、大学も視野に入れられるし」

「大学ぅ？　おれが？」

カラになった蒼の皿に、おかわりを足してやる。一度では盛り切らないのだ。

「晴太も行ってないのに」

「おれが行ったかどうかは関係ないだろ」

そう言って晴太は笑ったが、私は実は晴太が大学に行きたかったことを知っている。

あのとき、私たちにはお金がなかった。店をやりたいという目標が見え始めていて、黒宮家から送られてくる生活費をコツコツと貯めてはいたが、大学を受験し、そして通い続けるとなるとそれがどれくらいの費用になるのか。走り始めたときから息苦しいマラソンのようになることは目に見えていた。

だから晴太が誰にも言わず大学に行くことを諦めたとき、私も何も知らないふりをした。教師から強く勧められていたことも知っていたし、オープンキャンパスの資料や模試の合格判定に書かれた大学名を見ていたのに、「見に行ってみれば」の一言が言えなかった。

「晴太も、行けば」

ふたりが同じ表情で同時に顔を上げる。言葉はするすると舌を滑り降りた。

「晴太はうちの脳みそでしょ。大学に行って、新しいことといっぱい勉強して、うちを繁盛させてよ」

「そんな大雑把な。だいたいそんな時間も金もないだろ」

いーじゃん、と蒼が声を上げた。

「行けよ。いつだっていいじゃん。大学って、何歳でも入れるんだろ。賢くなって、うちをでかくして、あのおっさんの会社乗っ取れよ」

「無茶言うな」

そう言って蒼をたしなめる晴太の目の奥に、ほんのり明かりが灯るのを見逃さなかった。すかさず言う。

「行くなら経済学部とか、経営とかかな」

「……まぁ、そうだな。役に立つかはわからないけど、情報科学部とかも昔ちょっと調べたな。ほら、今はSNSとか活用していろいろ」

私がにまにまと見つめて話を聞いていると、晴太は急に我に返ったように私の視線を避けて、話題を変えた。

「うまいじゃん、パスタ。ランチに出したら」

「そういやうち、米かパンの昼飯しか出してないよな」

おかわりまであっという間に平らげた蒼が言う。皿に残ったベーコンのかけらを、フォークの先で執拗に追いかけている。

「パスタだと注文のたびに作らなきゃならないでしょう。ごはんかパンなら、惣菜と合わせるだけでいいんだもん」

「メインの惣菜だって注文のたびに作ってんじゃん」

言われてみればそうだ。どうしてパスタは無理だと思いこんでいたんだろう。

「クラスの女子が言ってた。あんたんちの店、もうちょっとおしゃれだといいのにって。うるせぇっつっつっといたけど」

「やめてよ、お客さんになるかもしれないのに」

おしゃれ、おしゃれか。晴太が呟く。

「確かにうち、ちょっと野暮ったいかもな。メニューも斬新さがないし」

そう言われても、私は常におしゃれとは対極の場所にいた。ペペロンチーノはベーコンと玉ねぎににんにくと唐辛子だけ。ポテトサラダの味は塩こしょうとマヨネーズ。店内のインテリアに凝るとそれだけ掃除が大変になる。

「そんなこと言ったって」と言い訳しようとしたのを蒼が遮った。

「おれがしゃれた店にしてやるよ、いつか」

晴太と私は顔を見合わせる。蒼は顔を隠すように皿を持ち上げて中身をさらっている。

「いつかって、期待できないなぁ」晴太が目をすがめ笑う。私も釣られて笑った。

「しゃれた店って何」

「それはこれから考えるんだよ」

ごっそさん、と立ち上がった蒼は皿をシンクまで運び、おもむろにスポンジを手に取った。

「なに、自分で洗ってくれるの」

「おう。ヒロたちのぶんも、食ったら置いてけよ」

どういう風の吹き回し、とパスタを巻く手が止まる。

「洗い物とか、洗濯とか。家出る前に覚えねーと」

がしゅがしゅと強く泡立つ音が聞こえる。そうか、そうか。本当に出ていくんだな。心がけは素晴らしいけど、フッ素樹脂加工のフライパンを乱暴にこするのはやめてほしい。

背中越しに蒼が言う。

「なあ、なんかもの足りねーんだけど。昨日のおかず残ってねぇの」

「うそでしょ」

愕然とする私など意に介さず、盛大に水をはね散らかしながら洗い物を切り上げた蒼が、すかさず冷蔵庫を開けて「お、あるじゃん」とごそごそプラスチック容器を取り出してきた。

さつまいもの甘煮と、ひじきと枝豆のサラダに、うずらの味玉。夕食の副菜にしようと思っていた余り物のそれらの中から、ひょいと蒼の指が卵をつまむ。

「手で取るな、手で」

言いながら晴太も迷いのない手付きで、フォークを卵に突き刺した。

「うまいな」

「うん、うまい」

真顔で咀嚼するふたりは、次々と容器の中をさらっていく。まるで私に止められる前に食べきってしまおうとするかのようだ。

いいよいいよ、好きなだけ食べれば。また作るだけだ。

ふたりがすべて平らげる前に、私もおかずに手を伸ばす。


ひと月ぶりに来店した花井さんに、晴太がコナコーヒーを勧めている。お土産で買ってきたぶんはとっくに晴太が飲みきった。気に入ったのか、少し店用に仕入れたらしい。

じゃあ、と言って流されるままに注文した花井さんは、提供されたコーヒーの甘ったるい香りに臆面もなく顔をしかめた。

「これは、随分、変わったにおいだな」

「フレーバーコーヒーなんです。マカダミアナッツの香り付けがされているもので」

晴太はあっけらかんとそう言ったが、私はごくんと飲み下す喉の動きをはらはらと見守ってしまった。お客さんに呼ばれてカウンターを出ていった晴太を目で追ってから、花井さんに「大丈夫ですか、コーヒー」と声をかける。

「いや……飲める、うん」

「苦手そうですね」

「こんなに甘いにおいがすると思わなかった」

すみません、説明不足で、と謝りながらも声に可笑しみが溶ける。鼻の頭に皺を寄せてコーヒーを啜る様子は警戒する猫のようで、今にもくしゃみが飛び出そうに見える。

「それにしても驚いた。本当にハワイに行ったんだな」

「花井さんのおかげです」

「いいところだったか、ヒロは」

ほとんど躊躇なく「はい」と言えた。

「いい天気でした」

「そりゃあ幸運だったんじゃないか。雨が多いんだろ」

そうみたいですね、と答えながら、私のことをラッキーレディだと太鼓判を押したあの男性のことを思い出す。ほんの小さな幸運が、私の足元には無数に散らばっている。

「花井さんも、またぜひ」

「まあな、休みがあれば行きたいんだが」

「お忙しいんですか、最近」

「異動の内示があって」

花井さんはコーヒーに口をつけ、小さく「慣れだな、このにおいも」と呟いた。

「いどう？」

「異動。部署や配属が変わること。基本は四月だけど、いろいろあって」

よくわからないまま「へえ」と相槌を打ったら、花井さんは面倒くさそうなため息と一緒に「引っ越しが億劫だ」と言うので、異動というのが働く場所が変わることだとようやく理解し、「えっ」と声が飛び出した。

「遠くなるんですか」

「なかなかに」

そうなんですか、と応える声と一緒に、花井さんの来店でふわふわ浮き上がっていた気持ちが沈んでいく。

残念です、と言おうか迷って、迷ってるうちに言えなくなった。代わりに「アロワナ」と口をついた。

「アロワナも、一緒に？」

花井さんは一瞬目をぱちくりさせ、くしゃりと笑った。

「よく覚えてるな。もちろん、一緒に」

大きくて、花井さんのように少しこわい顔をした熱帯魚が、水槽の中で窮屈そうにどんぶらと揺られて運ばれていく。そのさまを想像したら滑稽に思えて、唐突にやってきた寂しさが一瞬で遠のいていった。

「ああ、そろそろ」

花井さんが腰を上げる。コーヒーカップは綺麗に空になっている。お金を置いて、「じゃあ」と長い脚が踵を返す。まるで明日も同じ時間に同じようにやってくるみたいな何気なさで、花井さんは出ていった。

「ありがとうございました」

声が重なる。振り向いたら晴太が立っていた。

「コーヒーどうだったかな」

「苦手そうだった。ちゃんと説明しなきゃだめでしょ」

「あれ、言わなかったっけ」

「知らない、飲んでくれたから良かったけど」と無責任なことを言いながら、カップを片付けようとカウンターに手を伸ばしたら、なにか別のものに触れてその手が止まった。

「――花井さん引っ越すんだって」

「え、そうなんだ。どこに？」

「聞かなかったけど、遠くだって」

「もう、うちに来てくれなくなるかな」

晴太は名残惜しそうに、ミルを磨きながら花井さんが出ていった扉に目をやった。

「来てくれるよ」

たぶん、近いうちに。

二度目の忘れ物と引き換えに、どうかまた来てくださいと今度は言えるだろう。

見覚えのある黒い手帳を手にとって、そっとエプロンのポケットに滑り込ませた。

本書は第十一回ポプラ社小説新人賞受賞作
『つぎはぐ△』を改題・加筆したものです。

菰野江名（こもの・えな）
一九九三年生まれ。三重県出身、東京都在住。
「つぎはぐ△」にて第十一回ポプラ社小説新人賞を受賞。

つぎはぐ、さんかく

2023年1月26日　第1刷発行
2023年2月7日　第2刷

著　者　菰野江名

発行者　千葉均
編　集　鈴木実穂
発行所　株式会社ポプラ社
〒102-8519　東京都千代田区麹町4-2-6
ホームページ　www.webasta.jp
組版・校閲　株式会社鷗来堂
印刷・製本　中央精版印刷株式会社

装　丁　須田杏菜
装　画　くぼあやこ

N.D.C.913/287p/19cm ISBN 978-4-591-17612-2
P8008411